BIBLIOTHÈQUE DES ÉCOLES.

TOBY ET MALY.

HISTOIRE POUR LA JEUNESSE,

TRADUITE DE L'ALLEMAND DE FRANZ HOFFMANN,

PAR

J. DOMBRE.

TOULOUSE,

SOCIÉTÉ DES LIVRES RELIGIEUX.

Dépôt : rue Romiguières, 7.

—

1867

TOBY ET MALY.

PUBLIÉ PAR LA SOCIÉTÉ DES LIVRES RELIGIEUX
DE TOULOUSE.

Toulouse , Imprimerie de A. CHAUVIN, rue Mirepoix, 9.

TOBY ET MALY.

HISTOIRE POUR LA JEUNESSE,

TRADUITE DE L'ALLEMAND DE FRANZ HOFFMANN,

PAR

J. DOMBRE.

TOULOUSE,
SOCIÉTÉ DES LIVRES RELIGIEUX.
Dépôt : rue Romiguières, 7.

1867

L'ouvrage que nous offrons aujour-
d'hui à notre jeune public continue
la série de nos publications destinées
à la jeunesse. La dernière , *Philippe
Messaros* , à été éditée dans le *Musée
des Enfants* , et va bientôt prendre
rang dans la *Bibliothèque des Ecoles du
Dimanche*. Les émouvantes péripéties
de l'insurrection crétoise ajouteront
à ce petit livre l'intérêt d'une dou-
loureuse actualité ; mais son but
moral était de remettre en honneur
ce vieux précepte du Décalogue, trop
négligé de notre temps : Honore ton
père et ta mère.

Toby et Maly , s'inspirant plus spé-
cialement de l'idée chrétienne, nous

enseigne la charité manifestée dans le pardon des injures. On y sent à chaque page l'influence de cette religion divine qui a fait descendre d'une croix les paroles de pardon et d'amour destinées à pénétrer les cœurs et à renouveler le monde. Puissent tous les cœurs ulcérés se sentir de plus en plus touchés et adoucis par l'esprit de Celui qui nous a dit : « Aimez-vous comme je vous ai aimés ! Heureux les miséricordieux, car ils obtiendront miséricorde ! » Et puisse ce petit livre concourir, sous la bénédiction de Dieu, à cette fin chrétienne !

LE TRADUCTEUR.

Castres, 20 juillet 1867.

TOBY ET MALY.

CHAPITRE PREMIER.

Le fils du nabab.

A une demi-heure de Calcutta, cette grande et belle capitale des possessions anglaises de l'Inde, se trouve une contrée des plus riantes, que les riches nababs du pays ont couverte de leurs maisons de plaisance. La fraîcheur et l'abondance des eaux qui tombent en cascades et s'épanchent en mille ruisseaux, les riches villas entourées de leurs jardins splendides, les superbes ombrages des forêts de palmiers et de bananiers, font de ce coin de terre comme un paradis descendu du ciel. C'est là que viennent s'abriter contre les ardeurs de ce brûlant climat, ces hommes à qui leur fortune princière a donné le privilége d'acquérir une portion de ce pays enchanté; là que, fuyant les rues poudreuses et l'atmosphère embrasée de la ville, ils viennent, l'été, respirer un air plus frais à l'ombre de leurs bosquets parfumés.

Au nombre de ces heureux du siècle, était M. Western, l'un des plus riches négociants de Calcutta. Il vivait là avec sa femme et son unique fils Edouard, jeune garçon qui venait d'atteindre sa douzième année à l'époque où commence notre récit.

La villa de cet opulent nabab était l'une des plus magnifiques de la contrée. Ses jardins couvraient une vaste étendue, et son habitation était ornée des plus précieux trésors des deux mondes. Cent

esclaves obéissaient à ses moindres volon-
tés et tremblaient devant le plus léger
froncement de ses sourcils. Et ce n'était
encore là que la plus petite partie de ses
immenses richesses. Il possédait à Calcutta, sur les bords du Gange, un palais
splendide, dont les vastes dépendances,
formant ses bureaux et ses entrepôts,
étaient incessamment sillonnées par ses
commis, ses hommes d'affaires, les
matelots et les capitaines de ses nom-
breux navires. Là se pressait, du matin
au soir, une foule de gens empressés.
Des vaisseaux arrivaient et versaient dans
ses docks les trésors de l'ancien et du
nouveau monde; puis ils repartaient,
emportant dans leurs vastes flancs les
précieux produits des plantations qu'il
possédait auprès et au loin, et qui étaient
cultivées par ses intendants et ses esclaves. Quant à lui, il se bornait à surveiller
ses grandes affaires; il savait qu'il pouvait en confier le détail à l'intelligence
et au zèle de ses employés : d'ailleurs sa

vigilance assidue ne permettait pas la moindre omission, et rien n'échappait à son regard d'aigle.

Il y avait vingt ans à peine que M. Western avait quitté l'Angleterre pour venir chercher fortune dans les Indes. Pauvre d'argent, mais riche d'intelligence et d'habileté, il se jeta résolûment dans le tourbillon des affaires, et il y trouva le genre de bonheur qu'il cherchait. Les entreprises les plus hasardeuses tournaient à son avantage ; il réussit au delà même de ses espérances, et dix ans ne s'étaient pas écoulés qu'il prenait rang parmi les plus riches négociants de Calcutta. Alors il doubla sa fortune en épousant la fille d'un opulent planteur dont les propriétés se mesuraient non par hectares, mais par lieues ; et quelques années plus tard, il se retira dans sa villa laissant à d'autres le soin de travailler pour lui et de grossir, par leur labeur, sa fortune déjà presque incalculable.

Ce qu'il était venu chercher dans ces

contrées lointaines, M. Western l'avait
trouvé. Il était riche, immensément
riche ; mais il avait perdu, dans cette
poursuite ardente de la richesse, ce qui
valait mieux que tout son or : ce cœur
chaud et compatissant, qui battait autrefois dans sa poitrine, et ces sentiments
de générosité qui l'avaient animé dans
sa jeunesse. Aussi longtemps qu'il avait
eu à lutter contre la pauvreté, il avait
été bienveillant ; à mesure qu'il s'était
enrichi, il était devenu plus dur, plus
despotique, plus orgueilleux. Ses serviteurs et ses esclaves tremblaient devant
lui, et leur obéissance avait pour mobile
la crainte et non l'amour. M. Western
les traitait comme des machines ; il les
payait convenablement, mais il n'avait
jamais pour eux un signe de sympathie,
une parole affectueuse, une marque d'intérêt. Ne semant jamais l'affection autour
de lui, est-il surprenant qu'il ne l'y re-
cueillît jamais ? L'or avait endurci son
cœur, et la servilité rampante des mal-

heureux qui se courbaient devant sa richesse lui avait enseigné le mépris de l'humanité. Il était donc pauvre au sein de son opulence, car l'amour lui manquait, l'amour chrétien, l'amour ardent qui fait épanouir au cœur de l'homme, comme autant de fleurs suaves, les plus belles joies de la vie.

Le seul être que M. Western aimât réellement était son fils unique, son Edouard, bien peu digne, hélas! de cet amour. Elevé dans l'opulence, dirigé, dès ses premières années, par une mère trop faible pour réprimer ses mauvaises inclinations, entouré d'esclaves qui avaient l'ordre d'obéir à tous ses caprices, sous peine des plus durs châtiments, cet enfant était devenu un vrai tyran, dont la cruauté était plus redoutée par ses alentours que la colère de son père. Malgré sa hauteur méprisante et son caractère impérieux, celui-ci se piquait au moins d'être juste, tandis que l'enfant était froidement impitoyable. Toute la maison tremblait devant lui ; chacun s'enfuyait à son approche, tant il était non-seulement redouté, mais détesté de tous. Au reste, la suite de cette histoire nous le fera mieux connaître.

Voyez, dans la grande avenue de la villa princière, cet élégant véhicule garni à l'intérieur de velours vert avec des ornements dorés, protégé contre les rayons du soleil par un dais et des rideaux de soie de même couleur. Aux deux côtés du timon se tiennent deux jeunes garçons; l'un au teint d'un brun cuivré, l'autre complétement noir. Ils peuvent avoir l'un et l'autre environ quatorze ans. Ce sont les compagnons de jeu, mais, hélas! aussi les esclaves et les souffre-douleur d'Edouard; car le jeune massa sait qu'il en peut faire ce qu'il veut.

En dépit de la couleur de leur peau, on peut dire de ces deux enfants qu'ils sont jolis. Leur taille annonce à la fois de la souplesse et de la vigueur. Leurs yeux sont pleins de feu ; leurs traits, sans être régulièrement beaux, ne manquent pas de charme. Toby, le Malais à la peau brune, est réellement un beau garçon. Sa physionomie pleine de finesse et d'expression, ses yeux noirs et brillants, sa bouche mignonne et vermeille attirent et charment le regard. Maly, le nègre, est moins beau, mais son expression est si pleine de douceur et de bonté, son rire est si franc, ses dents sont si blanches, qu'on l'aime rien qu'à le voir.

— Jeune massa tarder beaucoup ce matin, dit en mauvais anglais Maly, le nègre, en s'adressant à son camarade. Lui dormir bien ; Toby et Maly attendre et se rôtir au soleil.

— Qu'il dorme tant qu'il voudra ! répliqua Toby le Malais ; mieux vaut pour nous demeurer tranquillement ici au grand soleil, que de courir au grand soleil en traînant massa dans son chariot.

— Oui, reprit Maly, traîner comme des chevaux, mauvais métier. Pourquoi nous être pas nos propres massas ?

—Parce que nous n'avons pas d'argent, grand nigaud ! dit Toby en riant et en lançant une gourmade d'amitié à son compagnon. Oui, si la maison de Massa t'appartenait, et à moi le jardin, cela irait bien mieux.

Maly dilata ses lèvres épaisses en un large éclat de rire ; mais soudain, redevenu sérieux, il dit tristement : — Maly être content si pouvoir aller dans la plantation ramasser le café, couper la canne à sucre ou cueillir la cannelle. Cela meilleur, bien meilleur que le métier de cheval ! Les chevaux avoir quatre jambes, Toby et Maly deux seulement. Pourquoi Maly être fouetté comme un cheval par jeune massa ? Très-mauvais cela, Toby.

— Oh ! sans doute, reprit celui-ci ; mais cela vaut mieux pourtant que d'être mis dans le four pour y rôtir, ou d'être fustigé par les surveillants jusqu'à ce que la peau s'enlève en morceaux, ou d'être envoyé au moulin à sucre comme le pauvre Napy, qui y a laissé hier sa main entre deux engrenages. Sais-tu, Maly, qu'il a fallu lui couper le bras d'un coup de hache?

Maly frissonna. — Pauvre Napy! dit-il; lui toujours bon pour Maly. Mais lui pas traîner jeune massa comme un cheval; lui pas battu et fouetté tous les jours; pas arracher à lui les cheveux, pas piquer lui avec un aiguillon. Vois, ajouta-t-il, en relevant sa manche et en montrant des traces récentes; jeune massa piquer moi pour s'amuser. Oh! oui, plantation meilleure que jeune massa.

— Pauvre ami! dit Toby d'un ton compatissant; mais vois: je n'ai pas été mieux traité que toi. Massa m'a brûlé la main avec de la poudre et il a ri des cris que la douleur m'arrachait. La peau est encore toute roussie.

— Massa méchant, dit Maly avec tristesse: Dieu punir lui un jour. Bon missionnaire dire: bon Dieu punir tous les hommes méchants.

— Chut! Maly, dit Toby à voix basse

après avoir incliné son oreille du côté de la maison.

Maly, plein d'effroi, se hâta de saisir le timon du chariot ; mais au lieu d'Edouard les enfants virent paraître un esclave nègre.

— Vous attendez jeune massa, leur dit-il ; il est encore dans son lit et ne viendra pas de sitôt.

L'esclave parti, les enfants reprirent leur conversation.

— Qui donc punira jeune massa? demanda Toby. Dieu ne punit pas les riches nababs ; il ne châtie que les pauvres esclaves.

— Non, lui châtier aussi les hommes riches, répliqua vivement Maly, bons missionnaires dire cela : quand un homme riche meurt lui aller en enfer.

— Mais si l'homme riche est bon? dit insidieusement le Malais.

— Moi connaître pas un riche nabab bon, dit Maly après un instant de silence.

— Tu ne connais de riches que notre

massa et jeune massa, reprit Toby; ils sont méchants, en effet; mais ma mère m'a dit qu'il y a aussi des massas bons. S'ils veulent, ils peuvent être bons aussi.

— Alors nous prier pour jeune massa devenir bon, dit le nègre; nous demander que lui n'être plus méchant pour Toby et Maly. Moi rien désirer de mauvais à lui; pas désirer à lui l'enfer. L'enfer être bien mauvais. Bons missionnaires dire cela, et dire aussi Maly ne devoir pas souhaiter du mal à celui qui lui fait du mal. Maly vouloir prier pour jeune massa.

— Tu prieras longtemps avant que jeune massa devienne bon, répliqua Toby, les yeux brillants et les poings fermés. Je ne suis pas aussi patient que toi. Si j'osais, si je pouvais, je châtierais jeune massa et cela proprement. Coup pour coup, mal pour mal! Toby est plus fort que lui; Toby a de la vigueur et du courage; mais Toby n'ose pas : le père de massa le tuerait. Mais va, aie patience,

Maly! Que j'aie deux ans de plus, et nous nous enfuierons. Ma mère m'a raconté que les Malais ont sur la mer des vaisseaux aussi grands et aussi forts que ceux des blancs. Nous ferons la guerre aux blancs, aux massas, et nous nous vengerons. Alors malheur à jeune massa, s'il tombe dans les mains de Toby !

— Fi ! Toby, dit l'enfant nègre ; toi méchant dans tes paroles ; toi devoir aller vers le bon missionnaire ; lui apprendre à toi ce que bon Sauveur dire à ses enfants ; tous les hommes être ses enfants, noirs et bruns. Lui apprendre à toi à parler mieux qu'à présent, Toby.

— Sans doute, dit Toby en baissant les yeux ; mais pourquoi jeune massa n'écoute-t-il pas, lui aussi, ton bon missionnaire ? Devons-nous être bons, s'il demeure méchant et cruel ?

— Oui, nous devoir être bons quand même, reprit Maly d'un ton sérieux. Bon Sauveur commander cela. Nous devoir aimer, non haïr ; cela valoir mieux que d'être méchants. Toby, bon Sauveur avoir aimé toi; toi aller un jour au ciel, et là-haut plus d'esclaves, mais seulement des anges.

— J'essaierai, dit Toby brièvement; mais son visage exprimait encore la colère et ses regards démentaient ses paroles.

Les deux enfants demeurèrent quelque temps pensifs et silencieux. Les pensées de Maly étaient pénétrées de douceur et de miséricorde, celles de Toby flottaient entre le désir de vengeance, qui est un trait caractéristique de la race malaisienne, et les impressions meilleures que les paroles de Maly avaient fait naître dans son âme. Il souffrait de cette lutte et il désirait qu'une occasion se présentât de donner un autre cours à ses pensées et de se distraire du tumulte de son cœur.

— Vois, Maly, le beau papillon, s'écria-t-il tout à coup.

Maly regarda. Sur les massifs de fleurs qui bordaient l'avenue, voltigeait un de ces magnifiques lépidoptères de l'Inde

aux larges ailes ornées de vives couleurs.
Il se posa sur une fleur dont il se mit à
pomper le suc avec sa trompe flexible. A
le voir briller au soleil on l'eût dit revêtu
des plus belles pierres précieuses.

— Je vais le prendre, dit Toby. Il est
si bien posé qu'il ne peut pas m'é-
chapper.

— Toi ne pas faire cela ! s'écria Maly
avec une sorte d'épouvante ; si massa
venir et ne pas trouver toi au chariot,
lui devenir furieux et frapper toi de son
fouet. Toi n'entrer pas dans le parterre,
toi te souvenir cela défendu à nous.

— N'importe ! fit Toby ; je veux l'avoir ;
si jeune massa vient, je le lui donnerai :
cela l'apaisera.

Maly chercha vainement à détourner
de cette entreprise son téméraire compagnon. Toby s'élança dans le parterre et
chercha, en prenant un détour, à sur-
prendre le papillon. Il eut soin que l'ombre de son corps n'effrayât pas l'insecte,
et saisissant le moment où il avait joint

ses ailes, il le prit délicatement entre ses doigts.

— Je le tiens! s'écria-t-il plein de joie. Vois, Maly, qu'il est beau !

— Chien d'esclave! cria au même instant la voix grêle mais irritée et menaçante d'un enfant qui s'était approché sans que Toby et Maly, absorbés par leur chasse, l'eussent remarqué. Chien d'esclave, tu oses quitter le chariot et vagabonder dans le parterre! Viens ici, crapaud malais, recevoir le prix de ton audace. Je veux te fouetter jusqu'au sang, vilaine bête!

Aux premiers sons de cette voix redoutée, Toby et Maly avaient poussé un cri d'épouvante. Maly, se jetant aussitôt aux pieds d'Edouard, implora, les mains jointes, la grâce du pauvre Toby, qui, disait-il, avait voulu prendre ce beau papillon pour l'offrir à son jeune maître.

— Personne ne le lui a commandé, répondit Edouard d'un ton impérieux ;

mais cent fois il vous a été défendu, vauriens que vous êtes, de fouler les gazons
et le parterre. Ici, Toby !

Toby grinça des dents, jeta sur son
tyran un regard enflammé et sembla dé-
libérer un moment s'il obéirait. Cette
courte hésitation suffit pour porter à son
comble la rage d'Edouard. Il se précipita
sur Toby, le frappa du poing au visage,
le foula aux pieds, et lui sangla le corps
de violents coups de son fouet. Toby
poussa un cri de douleur, mais il se laissa
martyriser sans résistance par ce jeune
furieux et se contenta de murmurer à voix
basse : « Patience, mon tour viendra ! »

Alors jetant à terre le papillon qu'il
tenait encore dans la main, il l'écrasa
sous ses pieds, et, se rapprochant du chariot, il se plaça sans mot dire au timon,
à côté de Maly.

L'action résolue et un peu provo-
quante du jeune Malais enflamma de
nouveau la colère d'Edouard. Il se précipita vers Toby et lui dit d'une voix

irritée : — Pourquoi as-tu écrasé ce papillon, vilain drôle?

— Parce qu'il m'appartenait et que
vous n'avez pas voulu le recevoir, répliqua le Malais sans hésiter. Pourquoi me
frappez-vous pour une faute aussi légère,
que je n'ai commise que pour vous procurer un plaisir? Au reste, frappez-moi
maintenant tant que vous voudrez, cela
ne fera pas revenir le papillon.

A ces mots, le visage réellement beau
d'Edouard devint hideux de haine et de
fureur. — Chien d'esclave! dit-il en rugis-
gissant, tu oses me braver, moi, ton
maître! Tiens, voilà pour toi! voilà
pour toi, te dis-je. — Et le terrible fouet
tombait à coups redoublés sur la tête de
l'enfant dont la face fut bientôt ensan-
glantée.

Toby ne fit pas entendre une seule
plainte; mais le bon Maly se jeta aux
pieds d'Edouard en sanglotant, et tour à
tour joignant les mains et embrassant ses
genoux : — Massa, cria-t-il, pitié, pitié

pour le pauvre Toby! Toby pas méchant ; Toby vouloir prier pour massa ;
Toby avoir promis cela à Maly. Grâce,
grâce !

Pour toute réponse, Edouard repoussa
du pied le jeune nègre et lui asséna un
coup violent de son fouet. Après avoir
encore distribué quelques coups en aveu-
gle aux deux enfants, il sauta dans le
chariot en leur criant : « En avant, sous
les bananiers ! »

Les deux esclaves se relevèrent aussitôt, essuyèrent le sang de leur visage,
s'attelèrent au chariot et l'entraînèrent
rapidement.

— Plus vite ! s'écria Edouard en faisant manœuvrer son fouet, plus vite !
Vous marchez comme des tortues ; allez
donc, paresseux !

Les enfants se mirent alors à courir, et
le char vola sur le sable des allées, vers
le bosquet de bananiers qui terminait le
parc.

Le soleil dardait ses rayons brûlants :

1.

le chemin devenait fort inégal , tantôt montant, tantôt descendant, et les deux enfants se sentirent bientôt à bout de leurs forces. Haletants et trempés de sueur , ils devaient pourtant continuer leur course , toujours menacés qu'ils étaient par le terrible fouet de massa.

— Je n'en puis plus, dit à voix basse Toby, à son compagnon d'infortune. Le cruel massa m'a tellement battu que mes forces m'abandonnent... Ralentis un peu le pas, Maly.

— Non, non, plus vite, ou massa frapper encore toi, dit le nègre. Toi seulement courir, Toby ; moi traîner seul. Les bananiers être pas loin ; courage, Toby !

Toby réunit toutes ses forces ; mais le sang qu'il avait perdu l'avait beaucoup affaibli, et quoique Maly traînât seul, à peine pouvait-il suivre. Au bout de cent pas il s'affaissa sur ses genoux et tomba par terre. Edouard cria de colère, mais Maly continua bravement sa course et atteignit en quelques minutes le bosquet de bananiers. Là il s'arrêta inondé de sueur et tourna la tête vers son pauvre camarade.

Toby arrivait en se traînant avec peine. Il fut, comme il s'y attendait, accueilli par un torrent d'injures qu'il entendit sans s'émouvoir ; il vint se placer à côté de Maly. Edouard, sautant alors à bas du chariot et se couchant sur un siége de mousse, au pied d'un arbre géant : — Eventez, leur dit-il.

Toby et Maly prirent dans le chariot deux grands éventails de plume, et, se plaçant aux deux côtés de la couche de Massa, il les agitèrent sur sa tête, afin de rafraîchir l'air autour de lui et d'écarter les moustiques.

Ils demeurèrent eux-mêmes exposés à la cruelle morsure de ces insectes qui, s'abattant avec fureur sur leurs plaies saignantes, leur causaient une intolérable douleur. Le jeune Massa ne s'en inquiétait nullement. Il se prélassait sur son lit de mousse, où, n'ayant rien de mieux à faire, il finit par s'endormir. Les deux esclaves continuèrent pourtant de l'éventer, n'osant parler que par signes, car le moindre chuchotement aurait pu réveiller leur tyran, et alors, malheur à eux! le fouet aurait cruellement châtié leur audace. Toby, jetant sur Edouard des regards pleins de haine, le menaçait du poing, pendant que Maly cherchait, par des gestes compatissants, à calmer l'irritation et la douleur de son camarade.

Après une heure environ, Edouard s'éveilla en s'étirant.

— Assez, dit-il; je m'ennuie. Battez-vous.

— Oh! massa, dit Maly en suppliant, pauvre Toby être blessé et fatigué; lui pas pouvoir se battre aujourd'hui. Grâce pour lui!

— Battez-vous, répéta Edouard avec impatience, et malheur à toi, Maly, si tu l'épargnes! je te cloue par les oreilles à

ce tronc d'arbre. Allons, qu'on se dépêche! et si tu es le plus fort, Maly, et que
tu le rosses proprement, je te laisse ta
liberté pour cette après-midi. Allons,
hardi, mes camarades !

Toby et Maly s'étant un peu écartés et
jetant sur la gazon leurs jaquettes rou-
ges, se placèrent à demi nus l'un en face
de l'autre.

Maly était triste et abattu; mais les
yeux de Toby rayonnaient de joie.

— Va, dit-il tout bas à son compagnon, ne m'épargnes pas ; je me laisserai faire, heureux si tu peux jouir de ta
liberté pour le reste de ce jour. Frappe,
je ne sens rien.

— Non, Maly pouvoir pas frapper toi,
reprit le nègre. Maly vouloir pas être
libre et frapper toi. Toi, frapper moi,
Toby; frapper fort sur la tête! Maly
avoir tête dure; toi, pas faire mal à
moi. Toby devoir être libre ce soir et
pouvoir soigner lui.

— Tu es un fou, reprit le Malais;

mais dépêche-toi de commencer, et il en sera ce qui pourra.

— Eh bien ! drôles, commencerez-vous bientôt? dit Edouard impatienté ; sus, Maly, sus !

— Frappe, Maly, dit Toby à voix basse ; frappe donc, ou sinon je vais battre le tambour sur ta tête pour te faire penser à moi.

Et le Malais se précipitant comme un tigre sur son noir camarade le saisit dans ses bras et chercha à le renverser. Maly se défendit faiblement, en dépit des menaces d'Edouard, et Toby eût facilement obtenu la victoire ; mais il ne voulait qu'exciter Maly à se battre tout de bon, afin qu'il gagnât la récompense promise. Peu lui importait de recevoir quelques coups; Edouard l'y avait trop bien accoutumé.

— Mais frappe donc, dit-il encore à son camarade.

Maly secoua la tête.

— Eh bien ! tiens, grand nigaud,

cria Toby, et il frappa le nègre sur l'os de la jambe, qu'il savait être sa partie sensible.

Maly tressaillit.

— Cela n'être pas du jeu, dit-il; pourquoi toi pas frapper moi sur la tête?

— Sois tranquille, dit Toby en lui assénant quelques gourmades; si tu ne frappes pas, tu auras ton compte.

Maly, excité, prit la chose au sérieux et rendit coup pour coup. Le combat s'échauffa, et les deux enfants réunissant toutes leurs forces finirent par se battre tout de bon. Edouard jubilant, les excitait par ses cris.

— Tape, Maly! tape dru. Bien! sur le nez, Maly, sur le nez; ferme! Tu vois : je t'ai bien dit que tu le rosserais.

En effet, Toby renversé, gisait par terre, vaincu et haletant. Mais souriant aussitôt à son compagnon :

— Maintenant, lui dit-il, te voilà libre pour toute la journée.

Maly se releva hors de lui. Dans la chaleur du combat, il avait oublié qu'il voulait épargner son camarade, et il comprenait à présent pourquoi Toby l'avait excité.

— Oh! Dieu! dit-il, Maly méchant garçon. Lui frapper pauvre Toby! Oh! oh!

Toby prit une mine piteuse et feignit de souffrir beaucoup, ce qui porta à son comble la douleur de Maly et la méchante joie d'Edouard.

— C'est bien, Maly, dit-il au nègre; tu as bravement fait ton devoir et tu auras ta récompense. Maintenant remettez vos jaquettes et ramenez-moi à la maison.

Les deux esclaves obéirent et le chariot vola de nouveau vers la demeure du nabab. Edouard avait cessé de frapper, parce qu'il cherchait en son esprit un moyen de mortifier Toby. Arrivé à la maison et sautant hors du chariot, il dit avec un méchant sourire :

— Maly, je veux tenir ma promesse; tu auras ta liberté pour la soirée. Toby

sera enfermé dans le chenil et tu seras
son gardien. Il sera prisonnier et tu seras
libre.

Les deux enfants échangèrent un regard de triste surprise ; mais Edouard,
poussant un éclat de rire ironique, entra
dans la maison dont il referma bruyam-
ment la porte.

— Trompeur et cruel ! dit Toby avec
un sombre éclair dans les yeux ; mais
patience ! mon tour viendra, et alors
malheur à lui !

Maly secoua la tête en essuyant une
larme.

— Pauvre Toby, dit-il, battu, meurtri,
outragé et maintenant enfermé avec ces
mauvais chiens ! Ah ! Toby, pourvu que
toi pas être mordu et dévoré par eux !

— Ne crains rien, dit Toby avec un
rire amer ; ces animaux, pour si cruels
qu'ils soient, le sont moins que Massa,
qui est pire que le tigre et le chacal.
Mais patience ! mon tour viendra.

Pleins de douleur et d'indignation, les

deux esclaves traînèrent le chariot sous un hangar et se rendirent ensuite d'eux-mêmes au poste qui leur avait été assigné; car ils savaient bien que s'ils enfreignaient les ordres de leur maître, ils en seraient cruellement punis. Toby se glissa en rampant dans le chenil, où il fut accueilli par des hurlements de mauvais augure, qu'il sut pourtant bientôt apaiser. Maly s'assit sur une pierre devant la porte, et c'est ainsi qu'il jouit de la liberté promise. Heureusement que les deux amis purent causer ensemble au travers des trous percés dans la porte du chenil. Le soir venu, ils quittèrent la place et se retirèrent dans la hutte qu'ils habitaient en commun. Là, Maly s'étendit tristement sur sa couche et s'endormit bientôt. Mais Toby sentit encore longtemps fermenter dans son cœur des pensées de haine et de vengeance, et il murmurait, tout en s'endormant : « Patience ! mon tour viendra... »

CHAPITRE II.

Sur le vaisseau.

Quelques jours se sont écoulés. Nous retrouvons Toby et Maly attendant à la place accoutumée le lever de leur maître. Le soleil est déjà bien haut dans le ciel, et cependant le jeune massa n'a point encore paru. Les deux enfants n'osent pourtant pas quitter leur poste. Arrive un vieil esclave nègre attaché au service de la maison.

— Enfants, dit-il en passant sa main droite sur la tête unie de Toby pendant qu'il caresse de la gauche la chevelure

crépue du nègre, vous êtes libres ce matin ; allez courir où vous voudrez. Massa
n'aura pas besoin de vous aujourd'hui ;
il n'a pas le temps de vous tourmenter.

— Pourquoi? dit Toby ; est-il malade?

— Non ; mais il va faire un grand
voyage ; il accompagne sa mère en Angleterre.

Les yeux de Toby rayonnèrent de joie.

— Ah ! fit-il en battant des mains, il
part ! magnifique ! Sois joyeux, Maly ;
l'Angleterre est bien loin d'ici, et il se
passera bien du temps avant qu'il soit de
retour. Mais sois donc content, mon camarade, et saute de joie. Nous voilà
pour longtemps délivrés de notre per-
sécuteur !

Avant que Maly eût pu répondre,
Toby, poussant un cri, se jeta rapidement
de côté. Edouard, qui s'était approché
inaperçu, était derrière lui.

— Tu te réjouis trop tôt, vaurien ba-
sané ! cria-t-il ; toi et Maly vous m'accom-
pagnerez, et pendant le voyage je vous

rendrai la vie dure. Patience, drôles! vous n'êtes pas encore délivrés de moi et vous apprendrez à me connaître.

Et jetant sur les enfants terrifiés un regard de colère et de menace, il s'éloigna.

— Nous avoir du malheur, dit Maly après un moment de stupeur; pourquoi toi parler si fort? Adieu, joie et repos! Massa prendre nous avec lui et jeter nous dans la mer, où requins manger nous. Oh! Toby!...

— Non, non, Maly, cela ne sera point; il se ferait une mauvaise affaire. Ne t'afflige pas; sur le vaisseau tout ira mieux qu'ici; nous n'y ferons pas le métier de cheval et peut-être serons-nous capturés par quelque vaisseau malais. Alors, c'est moi qui serai massa; moi, l'enfant malais, et massa sera mon esclave. Toi aussi, Maly, qui es mon ami, tu seras massa. Va, sois content! vienne le vaisseau malais, ce sera notre tour et nous nous vengerons! Gare à toi, massa

Edouard ! tu nous as fait souffrir longtemps; maintenant, à mon tour !

— Toi parler comme un insensé, dit
Maly; toi savoir pas si vaisseau malais
devoir venir, et, si lui venir, toi devoir
pas te venger, toi devoir pardonner.
Bons missionnaires dire cela.

— Bah ! dit Toby avec un sourire
amer, Toby n'est pas un chrétien, c'est
un Malais. Toby n'a pas besoin d'obéir à
tes missionnaires; Toby veut se venger et
il se vengera. Réjouis-toi, Maly; sur le
vaisseau tout ira mieux. Toby et Maly ne
seront plus les chevaux et les souffre-
douleur de leur maître. Mais viens, ami,
quittons cette place et allons plus loin ;
ici on pourrait nous entendre, et massa
ne voudrait plus nous prendre avec lui.
Viens, bon Maly, et sois content, entends-tu? Une fois sur le vaisseau, nous
cesserons d'être esclaves; nous serons
libres; tu verras.

Maly regardait avec étonnement son
camarade, dont les yeux brillaient d'un

feu sombre. Il le suivit au bois de bananiers, et là, les deux enfants continuèrent librement leur entretien.

A quelques heures de là, un brick élégant et fin voilier stationnait à Calcutta devant le palais de M. Western, attendant ses passagers. Ce navire, qui appartenait au nabab, était destiné à conduire en Angleterre sa femme et son fils. Pour abréger les ennuis de la traversée et entourer les siens de toutes les commodités désirables, M. Western avait fait orner avec beaucoup de luxe la grande cabine. Dans le salon, richement décoré, peint et doré de partout, s'étendaient, le long des parois, de moelleux divans. Une bibliothèque d'acajou étalait ses splendides volumes, et de riches tapis recouvraient le plancher. Tout, en un mot, était combiné de manière à ne pas laisser regretter aux opulents passagers le luxe et le confort qu'ils avaient laissé chez eux.

Toby et Maly, qu'on avait envoyés de bonne heure à bord du brick, admiraient naïvement toutes ces splendeurs. Elles leur faisaient paraître encore plus triste le réduit étroit et sombre qu'on leur avait assigné dans l'entre-pont, et où leurs deux hamacs pouvaient à peine tenir. Toutefois, peu leur importait l'exiguïté de leur logement, car ils n'étaient pas accoutumés à mieux, et ils se proposaient de se tenir sur le pont le plus possible. C'est là que nous les retrouvons, assis sur des paquets de cordages, au retour de leur revue générale du beau navire. Ils sont tristes et pensifs. Toby, un peu revenu de ses chimères, est abattu, et Maly secoue sa tête noire d'un air assez préoccupé, tout en regardant fixement les canons dont le brick est largement pourvu.

— Plus d'espérance, murmura-t-il au bout d'un instant à l'oreille de son compagnon, en lui montrant du doigt ces terribles engins ; brick très-fort, porter douze canons ! Que pouvoir les vaisseaux malais contre lui ?

Toby leva la tête et soupira en voyant ces énormes tubes qui reluisaient au soleil. — Oui, dit-il, le navire est fort et bien armé ; mais les Malais en ont capturé de plus redoutables.

— Moi savoir pas, repartit Maly ; navire être certainement très-fort. Beaucoup de canons et beaucoup de fusils dans la salle des armes ; de quoi tuer tous les Malais, si eux venir !

Toby ne put s'empêcher de donner involontairement un signe d'assentiment aux paroles de son ami : un moment il sembla découragé. Mais bientôt, relevant la tête : — Patience, Maly, dit-il ; si les Malais, mes compatriotes, ne nous délivrent pas, nous ne sommes pourtant pas sans espoir de recouvrer la liberté. Il faut quatre mois, le pilote me l'a dit, pour arriver en Angleterre. Voilà bien du temps devant nous ; nous en profiterons pour nous enfuir.

— Fuir, reprit le nègre, où aller nous ? la mer partout. Maly savoir pas courir sur l'eau. Cela pas bon pour nous, Toby. Et quand nous pouvoir fuir, cela servir à rien. Nous avoir point d'argent pour vivre. Nous mourir de faim. Cela aussi pas bon. Mieux pour nous demeurer dans la plantation, si massa partir et ne pouvoir plus tourmenter nous.

— Qui sait? repartit Toby. Sur le vaisseau nous pouvons toujours espérer quelque bonne chance, tandis que dans la plantation nous demeurerions toujours esclaves. Or, Toby veut être libre. Patience donc, Maly : le chemin est long et la traversée durera longtemps.

Maly ne répondit pas ; mais il ne partageait pas les illusions de son ami. Les deux enfants demeurèrent assis et gardèrent le silence ; mais bientôt il se fit un mouvement sur le rivage, et, presque au même instant, un canot s'en détacha et s'approcha rapidement du navire, qu'il atteignit en quelques minutes. L'escalier fut descendu, et Mme Western fut hissée à bord avec son fils Edouard. Ils y furent

reçus avec de grandes démonstrations.
L'équipage poussa un hourra général, les
canons tonnèrent, et les banderoles flot-
tèrent le long des mâts. Mme Western salua
les officiers et remercia l'équipage en
quelques paroles amicales; mais Edouard
passa fièrement à travers les rangs en
promenant autour de lui des regards hautains. Quand il aperçut Toby et Maly, il
les menaça du poing avec un méchant
sourire, comme s'il leur eût dit : « Atten-
dez-moi, je vais vous montrer que je
suis toujours votre maître. » A peine dai-
gna-t-il regarder le capitaine, et quand
aux matelots, il leur fit ses plus laides
grimaces. Le capitaine conduisit ses passagers dans la cabine, et les hommes de
l'équipage reçurent l'ordre de retourner
chacun à son poste. Les matelots se dis-
persèrent, fort peu satisfaits de ce jeune
passager qu'ils devaient conduire en Eu-
rope.

— Quel orgueilleux petit monsieur !
dit un vieux matelot ; il ne fait pas plus

cas de nous que de la poussière de ses bottes!

—Il jettera sa gourme, dit un autre. Qu'il ne s'avise pas de vouloir nous traiter comme ses esclaves. Il peut se croire tout permis avec ces deux pauvres diables de négrillons; mais qu'il se tienne un peu loin de moi, s'il ne veut pas faire connaissance avec ce bout de corde!

Un instant après, le capitaine sortit d'un air mécontent de la cabine où il venait d'installer ses hôtes, et il donna l'ordre d'amener les ancres.

— Quel sot personnage que ce petit M. Western! dit-il à son premier lieutenant. Figurez-vous que ce monsieur ne trouve rien à son goût dans cette cabine, où rien ne manque pourtant. Les divans sont trop durs, les glaces ternes, les tapis trop grossiers. Il commençait à m'échauffer joliment la bile. Impertinent freluquet! il eût bien mieux fait de demeurer à terre.

Ainsi, à peine avait-il posé le pied sur le navire, qu'Edouard s'était mis à dos tout le monde; et il ne se donna pas la moindre peine pour adoucir cette première impression. Au contraire, il se conduisit de telle sorte qu'il se rendit de plus en plus odieux à tout l'équipage.

Durant les premiers jours, notre héros se montra fort peu sur le pont, bien que le temps fût magnifique. Il souffrait du mal de mer, qui l'avait saisi dès l'abord. Dès qu'il fut un peu remis, il sortit de la cabine et demanda avec hauteur à un jeune mousse qu'il rencontra, où étaient Toby et Maly.

— Sais pas, répondit le mousse. — Et il continua son chemin.

Edouard fut tellement abasourdi de cette réponse cavalière qu'il ne songea pas, suivant sa coutume, à châtier ou tout au moins à injurier le mousse, et qu'il le regarda s'éloigner avec stupéfaction. L'enfant étant repassé bientôt après :

— Ecoute un peu, lui dit Edouard, revenu de son étonnement, je te demande où sont Toby et Maly? Réponds à l'instant.

— Sais pas, répondit de nouveau le mousse sans s'arrêter une seconde; car il portait un verre de grog au maître pilote, et celui-ci n'aimait pas attendre. Que Tom (c'était le nom du mousse), se fût retardé de deux minutes, et quelques coups de garcettes bien appliquées lui auraient appris à ne pas s'amuser en route.

— Tu ne sais pas, imbécile ? cria Edouard en donnant une violente gourmade à l'enfant. Eh bien ! va le demander et apporte-moi tout de suite la réponse.

Le mousse ne fut pas moins stupéfait en recevant ce coup, qu'Edouard l'avait été l'instant d'auparavant. Il posa tranquillement son verre, dont le contenu s'était diminué de moitié par l'effet de la secousse, et, mettant son poing sous le nez d'Edouard : — Méchant rat de terre, dit-il, tu seras cause que le pilote va me caresser le dos avec sa garcette, parce qu'il ne trouvera pas son verre plein ;

mais attends ! je vais te donner ton compte.

Et , à ces mots, il asséna sur le visage d'Edouard, qui était loin de s'y attendre, un coup de poing si bien appliqué , que celui-ci en fut renversé, et que ses jambes se dressèrent en l'air comme deux points d'interrogation. Il rugit de colère ; mais le mousse reprenant son verre avec autant de sang-froid qu'il l'avait posé, l'apporta au maître pilote, qui ne manqua pas, en effet , de lui administrer la correction trop prévue. Tom la reçut sans sourciller , mais il murmurait en se retirant : « Sois tranquille, vilain moutard, je me souviendrai de ces coups et toi aussi.» En passant , il allongea un coup de pied à Edouard , qui rugissait encore étendu sur le pont, et lui jetant un regard de haine , il disparut dans une soute.

— Que vous est-il donc arrivé, M. Edouard ? dit le capitaine, que les cris de l'enfant avaient attiré et qui s'empressa de l'aider à se remettre sur pied.

— Ce chien de mousse m'a frappé, vociféra Edouard en portant les deux mains à son œil, qui gardait, en effet, quelques marques du coup qu'il avait reçu. Je veux que ce drôle soit fouetté jusqu'au sang, capitaine, et qu'ensuite il soit pendu. Je le veux et cela sera!

— Mais comment cet enfant a-t-il pu vous frapper ? demanda le capitaine. Il faut que vous l'y ayez provoqué, car il ne s'est jamais rien passé de semblable à mon bord.

— Je ne lui ai rien fait, continua de crier Edouard. C'est un vilain rustre. Ahi ! mon œil ! Qu'on le fouette, capitaine, qu'on le fouette !

— Sans doute, mon cher monsieur, dit le capitaine. Veuillez seulement observer que ces choses-là ne sauraient s'expédier sur ce vaisseau aussi vite que chez vous. Mes gens ne sont pas des esclaves et cela fait une différence. Voyons, Jack, dit-il en s'adressant à un des matelots qui se trouvait là, comment cela s'est-il passé ? Et d'abord étais-tu présent ?

— Oui, capitaine, dit le matelot en portant la main à son chapeau ciré. Tom était dans son droit et à sa place j'aurais châtié plus sévèrement ce jeune monsieur.

Alors le matelot raconta l'affaire en peu de paroles. Edouard n'osa pas le contredire et le capitaine lui dit en levant les épaules :

— Je regrette pour vous ce petit accident, mon cher monsieur, mais c'est vous qui vous l'êtes attiré. Suivez mon conseil : soyez à l'avenir un peu plus poli envers mes gens et rien de semblable ne vous arrivera plus.

— Quoi donc ! et ce misérable ne sera pas fouetté jusqu'au sang avec la garcette ? reprit Edouard en frappant du pied avec rage.

— Non certainement, mon jeune monsieur, dit le capitaine d'un ton ferme. Il est clair pour moi que vous avez mérité le coup dont vous vous plaignez, et si vous ne changéz pas, je vous prédis qu'il vous en arrivera pire.

En disant ces mots, il tourna le dos à Edouard, qui continuait à rugir, et il ne sembla plus s'inquiéter de lui. Celui-ci parcourut le pont comme un furieux cherchant à décharger sa colère sur quelqu'un. Par malheur, il aperçut le pauvre Maly. Alors se précipitant sur lui, il l'accabla de coups, le renversa, le foula aux pieds en lui criant : — Chien, d'où viens-tu ? Misérable esclave, prétendrais-tu me braver aussi ? Je veux t'apprendre à obéir à ton maître, vilain négrillon !

Naturellement le pauvre Maly se laissait maltraiter sans résistance. Mais les matelots qui se trouvaient là étaient indignés et semblaient vouloir intervenir. Malheureusement ils ne pouvaient rien faire. Maly était l'esclave du méchant Edouard et celui-ci était le fils du propriétaire du brick. Nul ne pouvait l'empêcher de châtier son esclave, qu'il l'eût ou non mérité.

— C'est pourtant trop fort, dit un jeune matelot à la physionomie ouverte et honnête. Nous ne pouvons pas souffrir cela !

Ses camarades levèrent les épaules, comme pour dire : « Qu'y pouvons-nous ? Le nègre lui appartient ; nous ne pouvons l'empêcher de le battre. »

Mais le jeune matelot ne se tint pas pour convaincu. Il s'approcha d'Edouard, saisit son bras, qui se levait pour frapper Maly, et lui dit du ton de la prière :

— Assez, assez, cher monsieur ; le pauvre garçon n'a rien fait de si gros.

— Loin d'ici ! cria Edouard en colère, et il poussa rudement le jeune matelot. Personne n'a rien à me commander. Loin d'ici , vous dis-je !

L'honnête et compatissant jeune homme s'éloignait avec tristesse et Edouard se disposait à continuer le supplice du pauvre Maly, quand tout à coup une voix cria du haut du mât : — Gare à la vergue qui tombe !

Les matelots se jetèrent vivement de

côté. La vergue (était-ce par hasard ou avec intention?) tomba lourdement sur le pont et frôla si rudement Edouard à la tête qu'il fut renversé et perdit connaissance. Maly, qui était couché sur le pont, ne fut pas atteint.

— Comment cela est-il arrivé? demanda le capitaine qui accourut, non sans un certain effroi, et qui s'empressa de faire transporter dans la cabine où était sa mère, Edouard assez sérieusement blessé.

— Nous ne savons pas, répondirent les matelots. Il faut que les cordes aient lâché.

L'explication ne pouvait évidemment suffire au capitaine; mais il fut obligé de s'en contenter, n'en pouvant obtenir de meilleure. Dès qu'il se fut éloigné, les matelots, qui étaient sur le pont, firent des signes d'intelligence à leur camarade qui descendait de son mât.

— Tu as bien fait, Bob, lui dirent-ils tout bas. Ce méchant garçon ne méritait pas moins, et il se souviendra de la vergue.

— Je ne sais ce que vous voulez dire, répliqua Bob sans s'émouvoir. J'ai seulement vu la vergue se balancer; les cordages se relâchant, et ne pouvant la retenir dans sa chute, j'ai crié pour vous avertir. Le jeune monsieur aurait dû se garer comme vous. Sa tête doit tout de même bourdonner un peu, je le crains.

— Et tu n'as pas aidé les cordes à lâcher, Bob ? demandèrent ses camarades.

— D'honneur, je n'y ai pas mis la main, reprit Bob ; peut-être un bout de cordage s'est-il arrêté à mon pied. Il serait curieux que c'eût été précisément celui de la vergue !

Les matelots sourirent et secouèrent la main à Bob. Celui-ci caressant la tête crépue de Maly :

— Te voilà du repos pour quelques jours, mon pauvre négrillon, et après... eh bien! après, nous chercherons autre chose!

CHAPITRE III.

La tempête et ses suites.

Toby avait raison. Outre les événements que nous venons de raconter, il se passa sur le navire maint autre fait du même genre dont son camarade et lui profitèrent; et tandis qu'Edouard se rendait de plus en plus odieux aux matelots, ils surent, eux, s'attirer de plus en plus leur amitié. Ces braves gens ne laissèrent impuni aucun des mauvais tours que le jeune massa jouait à ses deux esclaves, et ils savaient s'arranger pour ne point se laisser prendre en faute. Les

choses allèrent si loin qu'Edouard osait
à peine se montrer sur le pont. Il passait
presque toute sa journée dans sa cabine,
et s'il en sortait, ce n'était qu'avec sa
mère dont il n'avait garde de s'éloigner.
Il était ainsi protégé contre le mauvais
vouloir de l'équipage ; mais, d'autre part,
il ne pouvait maltraiter Toby et Maly :
sa mère ne l'eût pas souffert. D'ailleurs,
les matelots l'avaient menacé de le jeter
à la mer s'il continuait à martyriser ces
deux enfants, en sorte qu'il n'osait pas
même (tant cette menace l'avait effrayé)
les appeler dans sa cabine pour décharger sur eux sa colère. Les deux pauvres
esclaves, si cruellement tourmentés jusqu'alors, se trouvaient maintenant en paradis.

Edouard enrageait. « Vous n'y per-
drez rien, » pensait-il ; « que nous soyons
de retour à Calcutta et je vous revaudrai
tout cela. Soyez tranquilles, drôles, vous
vous souviendrez de notre voyage en
Angleterre. »

En attendant, Toby et Maly jouissaient pleinement du repos que les bons matelots leur avaient fait.

Pleins de reconnaissance pour leur bienveillante intervention, ils étaient toujours prêts à leur venir en aide. Fallait-il grimper sur les mâts, plier ou larguer les voiles, on les voyait, agiles comme des écureuils, courir le long des vergues : aucun travail, si pénible et si périlleux fût-il, ne leur coûtait quand il s'agissait de rendre service à leurs protecteurs. Maly surtout se distinguait par son adresse et sa bonne volonté, et le capitaine, témoin de cette activité si utile et si serviable des deux enfants, leur exprimait hautement son désir de les conserver comme matelots à bord de son navire.

— Maly demeurer volontiers, disait le nègre ; mais Maly n'être qu'un pauvre esclave aux ordres de jeune Massa, et devoir retourner avec lui à Calcutta.

— Hum ! qui sait ? répondit le capitaine ; nous ne sommes pas encore en

Angleterre, et d'ici là il peut y avoir du nouveau. Ce serait dommage, Maly, que tu ne fusses pas matelot : tu serais libre alors, mon enfant.

Le capitaine parti, les deux enfants échangèrent un signe d'intelligence.

— Je sais, dit Toby, ce qu'entend le capitaine. Bob en a causé avec moi. Nous n'aurions qu'à nous réfugier à bord d'un navire anglais ; on nous y recevrait avec joie et nous ne serions plus esclaves.

— Nous pouvoir pas faire cela ?

— Peut-être, dit le Malais en levant les épaules. Mais, avant tout, je veux me venger de massa. Il sera toujours temps de fuir.

En vain le bon Maly essayait d'apaiser son ami et de le faire renoncer à ses idées de vengeance : Toby était intraitable sur ce point. Rien n'aurait pu convaincre le jeune Malais qu'il est plus beau de pardonner que de se venger.

— Chez nous, on dit : œil pour œil et dent pour dent, répondait-il au nègre.

Jeune massa m'a battu, outragé, brûlé, foulé aux pieds : j'ai le droit de lui rendre tout cela aussitôt que je le pourrai. Le fils de mon père doit user de représailles, ou ses compatriotes refuseraient de le reconnaître pour un des leurs.

— Mais comment toi pouvoir être plus fort que jeune massa? Moi ne voir aucun navire malais, et la Malaisie être maintenant loin derrière nous.

— Nous repasserons par ici, et, à la seconde fois, nous serons plus heureux. Toi, prends la fuite, Maly; moi je demeure.

— Non : Maly vouloir pas fuir sans Toby. Lui vouloir partager les peines et les joies de son camarade.

— Tu es un fidèle ami, dit Toby en l'embrassant ; je ne l'oublierai pas, sois-en bien sûr. Un Malais rend le bien pour le bien et le mal pour le mal. Mais garde tes sermons, mon ami. Je n'ai rien à démêler avec ton missionnaire;

je ne suis pas chrétien mais musulman.

— Mais toi devoir être chrétien. Chrétien bien meilleur que musulman. Si toi aimer Maly, toi devoir pardonner à jeune massa.

Toby tourna brusquement sur ses talons, et le pauvre Maly y fut encore une fois pour ses peines.

Le navire était en mer depuis plusieurs semaines, et la traversée avait été jusqu'alors des plus heureuses. Un vent favorable enflait ses voiles, la mer était unie comme une glace, et un ciel pur et sans nuages s'étendait au-dessus de lui. Mais au moment où le vaisseau s'approchait de la côte africaine, se disposant à doubler le cap de Bonne-Espérance, le ciel s'obscurcit et la tempête parut imminente. Le capitaine s'empressa de donner des ordres pour la sûreté du navire. Les voiles furent carguées ; chacun se mit à son poste ; les canons et les autres objets qui pouvaient être emportés furent solidement assujétis ; en un mot, rien ne fut négligé de ce qui pouvait assurer le bâtiment contre la violence de la tempête.

Que faisait Edouard pendant ce temps? Claquemuré dans sa cabine il ne songeait qu'à se désoler. Le premier choc que reçut le navire le précipita violemment, du divan où il s'était tapi, sur le plancher, le ballotta d'une paroi à l'autre et le jeta contre les meubles où il reçut plus d'un mauvais coup. — Au secours! cria-t-il de toutes ses forces, je suis mort! je ne puis pas me relever tout seul! Sa mère, non moins effrayée que lui, était hors d'état de venir à son aide. Elle essaya néanmoins de faire quelques pas vers lui; mais une nouvelle et plus violente secousse, qui ébranla tout le navire, la rejeta sur le divan où elle dut voir avec angoisse les efforts désespérés que faisait Edouard pour se remettre sur ses pieds. Il se relevait à demi, puis il était de nouveau entraîné çà et là comme une balle, jusqu'à ce qu'enfin s'étant

cramponné aux pieds solidement fixés de
la table, il pût se hisser de nouveau sur
le divan. Là, il se tapit dans un coin,
s'accrocha le mieux qu'il put de ses deux
mains, criant et hurlant toujours. Le capitaine accourut enfin et lui donna quelques conseils sur la manière de résister
aux secousses, qui maintenant ne ces-
saient plus.

— Prenez courage, mon jeune monsieur, lui dit-il ; la tempête est violente,
mais j'espère qu'elle ne durera pas. D'ailleurs mon brick est solide, et il en a vu
bien d'autres. Vos cris ne servent à rien
qu'à augmenter les angoisses de votre
mère.

— Faites venir Toby et Maly, hurla
Edouard ; je veux qu'ils viennent me
servir. Où sont-ils, ces méchants drôles?

— Ces drôles sont de braves et coura-
geux garçons qui n'épargnent pas leur
peine et qui sont plus utiles là-haut
qu'ici. Prenez patience : ils ne peuvent
quitter leur poste.

2.

— Je veux qu'ils viennent tout de suite, cria Edouard un peu ranimé par les assurances du capitaine. Je suis leur maître et ils doivent m'obéir. Allez, capitaine, et envoyez-moi sur l'heure ces deux vauriens. M'avez-vous entendu ?

— Sans doute, car j'ai le bonheur de n'être pas sourd, reprit le capitaine avec beaucoup de sang-froid. Mais, je vous répète que Toby et Maly doivent demeurer où ils sont. Ici, ils ne peuvent vous être utiles, et là-haut nous avons besoin d'eux. Soyez donc gentil et raisonnable, mon cher monsieur.

— Je ne veux pas être raisonnable. Il me faut mes esclaves. Envoyez-les-moi tout de suite, ou sinon...

— Sinon ? Eh bien ! quoi ?

— Sinon, je me plaindrai à mon père et je vous ferai chasser, rugit Edouard.

Le capitaine haussa les épaules, tourna le dos à l'insolent freluquet et sortit en lui disant : — Je vois, mon cher monsieur, que vous êtes encore plus sot que je ne l'avais cru d'abord.

Cette apostrophe méprisante porta à son comble la colère d'Edouard. Sans penser aux secousses du navire il s'élança furieux vers le capitaine, qui l'attendit de pied ferme, bien décidé à lui administrer une correction, s'il s'avisait de lever la main sur lui. Mais à peine Edouard avait-il fait deux ou trois pas, qu'il perdit l'équilibre et roula de nouveau en rugissant sur le plancher. Le capitaine le laissa se débattre un moment, puis il le saisit et le porta en souriant sur le divan.

— Vous voyez, lui dit-il, que vous n'avez pas ici un bien grand pouvoir : ce que vous avez de mieux à faire, c'est de suivre mes conseils et de rester tranquille.

Edouard, hurlant de honte et de colère essaya vainement de se remettre sur pied, et se contenta d'insulter le capitaine de la voix et du geste, au moment où celui-ci fermait derrière lui la porte de la cabine. En vain sa mère, qui com-

prenait toute l'inconvenance de sa conduite, chercha-t-elle à le calmer. L'enfant gâté ne l'écouta point et continua de
crier jusqu'à ce que la tempête ayant redoublé de violence, sa fureur se changea
en une frayeur mortelle. Alors ce furent
des cris de terreur et de violents repro-
ches adressés à sa mère, qui aurait dû,
disait-il, le laisser à Calcutta. En vain
celle-ci lui rappelait-elle qu'il l'avait
presque forcée de le prendre : il n'écou-
tait rien et continuait ses plaintes, qui
arrachaient à Mme Western des larmes
amères.

Cependant le danger croissait d'heure
en heure, et le capitaine commençait à
s'inquiéter sérieusement. La voile de misaine, qui flottait encore, allait être mise
en pièces ; Toby et Maly se dévouèrent
et réussirent, non sans peine, à la serrer.
Bien que privé de toute sa voilure, le
navire était ballotté avec violence par les
flots écumants, et il n'y avait aucune
apparence que la tempête dût se calmer

de toute la nuit. Chacun demeura à son poste ; le capitaine ne quittait pas le pont et les deux enfants se tenaient prêts à venir en aide à leurs bons amis les matelots. Personne ne ferma l'œil pendant cette nuit terrible.

D'épaisses ténèbres enveloppaient le navire de toute part. Enfin l'aube parut, et la violence de la tempête sembla diminuer. Le navire était moins fréquemment et moins rudement secoué. Le ciel se dépouillait insensiblement ; çà et là une étoile apparaissait à travers les noirs nuages. L'équipage commençait à respirer et le capitaine allait renvoyer une partie de ses gens à leurs hamacs, quand soudain le matelot qui veillait sur le mât de misaine fit entendre ce cri terrible : « Un écueil à tribord ! »

— A la barre ! cria le capitaine ; — et s'élançant lui-même vers le gouvernail il imprima au navire une secousse qui le coucha sur le flanc, en changeant brusquement sa direction. Le brick avait docilement obéi à l'impulsion et courait maintenant en sens opposé. On le croyait sauvé, quand la même voix cria de nouveau : « Un écueil à l'avant ! »Et au même instant apparut, à quelques pas du navire, la cime écumeuse du rocher.

— Virez de bord ! cria le capitaine.

Les matelots se jetèrent sur la barre ; mais il était trop tard. Un craquement sinistre se fit entendre. Le mât de misaine et le grand mât se brisèrent comme des baguettes et s'abattirent avec violence. Tous ceux qui étaient sur le pont furent renversés. Presque immédiatement on ressentit une seconde et terrible secousse, puis le navire demeura immobile, et ce cri s'échappa de toutes les bouches : « Nous sommes perdus! Le brick sombre! » Le capitaine seul, conservant son sang-froid, cherchait à ranimer ses gens, qui avaient perdu la tête.

— Attention ! criait-il d'une voix tonnante ! attention , et que personne ne bouge !

Les matelots, accoutumés à l'obéissance, furent dominés par l'autorité de leur chef et, malgré leur terreur, ils demeurèrent à leur poste, prêts à obéir.

— Le navire est perdu, mais nous pouvons sauver notre vie, si, comme de braves gens que vous êtes, vous ne perdez pas courage. Qu'on mette à flot le canot et la chaloupe ! qu'on y dresse les débris du grand mât ! Alerte, mes amis, que chacun fasse vaillamment son devoir !

Ces paroles du brave capitaine ranimèrent l'équipage. Avec un zèle qu'aiguillonnait l'imminence du danger, tous se mirent à l'œuvre et s'efforcèrent de jeter les deux canots par-dessus le bord. Saisies par cent bras vigoureux, les embarcations furent mises promptement à flot. Mais alors se produisit une dangereuse confusion que toute l'autorité du capitaine ne réussit pas à empêcher. Tous se précipitèrent dans les barques, et, sans écouter ni ordres, ni prière, ni menaces, chacun ne se crut sauvé que lorsqu'il eut quitté le vaisseau échoué, et qu'il eut trouvé asile sur l'une ou l'autre des deux chaloupes. En quelques minutes la plus grande des deux fut tellement remplie, qu'elle ne pouvait plus recevoir un seul homme, et des voix désespérées demandèrent à grands cris le départ.

— Coupez le câble! criait-on : on ne peut plus prendre personne.

Impossible de résister à ces instances violentes. D'un coup de hache l'un des matelots coupa le câble qui retenait la chaloupe, et la poussa vigoureusement au large. On la vit du brick glisser rapidement le long de l'écueil, puis elle disparut derrière les rochers.

— Que Dieu protége ces insensés! s'écria le capitaine, et leur fasse bientôt trouver un rivage hospitalier où ils soient préservés de mourir de faim et de soif, car les malheureux n'ont pris avec eux aucune provision!

Les matelots qui étaient demeurés sur

le navire semblaient avoir grande envie de suivre l'exemple de leurs camarades et ils s'entassaient déjà dans le canot. Mais le capitaine s'opposa résolûment à leur départ et, avec l'aide de ses officiers, il obtint tout au moins qu'ils transportassent d'abord dans l'embarcation quelques tonnes d'eau et une couple de futailles de biscuit. Cela fait, il fallut bien les laisser partir, car tous se précipitaient dans l'embarcation et tous les liens de l'obéissance étaient brisés.

— Mais, au nom du ciel! s'écria le capitaine, n'abandonnez pas nos passagers! Hâtez-vous, Bob, allez chercher dans la cabine Mme Western et son fils. Je jure que vous ne partirez pas qu'ils ne soient en sureté.

Bob vola dans la cabine. Mme Western était étendue sans connaissance sur le divan; Edouard, à genoux auprès d'elle, poussait des cris désespérés. Le matelot poussant l'enfant de côté, saisit la mère dans ses bras et la porta dans la chaloupe où , du mieux qu'on put , on lui prépara une couche grossière.

— Et maintenant, à vous, capitaine, dit le brave matelot qui était remonté sur le navire. Il est temps de penser à vous sauver. Vous voyez qu'ils sont, là-bas, pressés de partir.

En effet un cri formidable parti de la chaloupe vint appuyer les instances de Bob ; mais le capitaine refusait de quitter le navire avant qu'Edouard eût pris place dans le canot. Comme Bob semblait peu disposé à l'aller chercher , le capitaine fit mine d'y aller lui-même. Ce que voyant , le robuste matelot le saisit à bras-le-corps et, le passant par-dessus le bord, le laissa glisser doucement dans la chaloupe. Alors il y sauta lui-même et saisit sa hache pour couper le câble qui l'attachait au vaisseau.

Mais en ce moment des cris violents se firent entendre à bord du brick, et Edouard apparut, pâle comme un mort, commandant avec colère qu'on le descendît dans le canot. Près de lui étaient Toby et Maly. Ils avaient contemplé avec étonnement la confusion qui se faisait autour d'eux, sans songer eux-mêmes à se sauver comme les autres.

Bob, en voyant les deux esclaves, laissa retomber le bras qu'il avait levé pour trancher le câble, et, regardant alors la chaloupe déjà bien remplie : — Pauvres enfants, dit-il, il y a à peine place ici pour l'un de vous; mais j'en veux au moins sauver un, si Dieu le permet. Tirez le sort entre vous deux.

— Et vous oseriez me laisser, moi ! s'écria Edouard, tremblant de frayeur et de colère. Ceux-ci sont des esclaves dont la vie importe peu. Arrière, Toby ! Arrière, Maly ! Je suis votre maître et c'est moi qui dois être sauvé ! Prenez-moi, matelot; mais prenez-moi donc !

— Non pas vous, mon jeune seigneur, dit Bob d'une voix rude. Toby, Maly, décidez-vous bien vite !

— Moi demeurer ici, dit Maly résolûment. Toi être sauvé, brave Toby, vite! toi sauter là-bas!

Un violent coup de poing, asséné par la main d'Edouard frappa Maly en plein visage. Le nègre cria de douleur et recula en chancelant. Mais Toby, saisissant au collet le jeune massa, l'envoya rouler au loin sur le pont, et, avant qu'il eût pu se relever, il prit à bras le corps Maly, encore étourdi de son coup, et, à l'exemple de Bob, le jeta sans cérémonie dans la chaloupe.

— Partez, maintenant, cria-t-il au brave matelot. Adieu, Maly, pense à moi, si tu te sauves. Je vais régler mes comptes avec jeune massa: mon tour est venu! Hourra pour vous, et filez!

Bob trancha le câble d'un seul coup et le canot fut rapidement emporté. Comme la chaloupe, il rasa d'abord l'écueil, puis il disparut derrière le même rocher et Toby cessa de l'apercevoir. Mais il entendit encore le hourra que lui adressaient ses camarades en s'éloignant et cet adieu lui fit plaisir. Il se sentait heureux de s'être noblement sacrifié pour sauver son ami et son compagnon d'infortune.

3

CHAPITRE IV.

Sur le brick échoué.

Il s'était écoulé plusieurs heures, depuis que le vaisseau naufragé avait été abandonné par son équipage. Serré entre deux rochers, le navire, bien que rempli d'eau dans sa cale, semblait avoir échappé pour le moment à une entière destruction. La tempête s'était calmée, et les vagues, qui jusqu'alors étaient venues se briser sur le pont, se retiraient de plus en plus et s'apaisaient à vue d'œil.

Toby, assis sur l'avant, à côté de la boussole brisée, promenait silencieuse-

ment ses regards sur la plaine liquide,
qui reprenait peu à peu sa tranquillité.

Edouard était devenu invisible. Il s'était
claquemuré dans sa cabine dont il avait
barricadé la porte, sans doute, pensait
Toby, parce qu'il craignait que son esclave, devenu maintenant son maître, ne
se vengeât cruellement sur lui de tous les
mauvais traitements qu'il en avait reçus.
Pour le moment, Toby n'y songeait point.
Il pensait aux moyens de se sauver, ce
qui, maintenant que le brick avait si
bravement soutenu l'effort des vagues, ne
lui semblait plus impossible. Vers midi
il sentit venir la faim et il se mit en
quête de quelque nourriture. Il descendit dans l'entre-pont et vit avec joie que
l'eau n'y avait pas pénétré; et comme le
brick reposait visiblement sur le fond
solide de l'écueil, il n'y avait pas lieu de
craindre qu'il s'enfonçât davantage et
que cette partie fût submergée. Rassuré
par cette pensée, il se rendit à la chambre des provisions. Elle était fermée et

la clé n'était pas sur la serrure. « Une hache me l'ouvrira, » se dit-il à lui-même. « Il y a déjà tant de choses brisées sur ce pauvre vaisseau, qu'une serrure de plus ou de moins n'est pas une affaire. »

Il eut bientôt trouvé ce qu'il cherchait et quelques coups bien appliqués firent voler en éclats serrures et verroux. La porte céda, et Toby entra dans la chambre aux provisions, dont il ouvrit d'abord la lucarne pour donner du jour. Ce ne fut pas sans un joyeux étonnement qu'en regardant autour de lui, il la vit abondamment pourvue de denrées de toutes sortes. Viande fumée et salée, biscuit, saucisse et autres provisions de bouche y étaient accumulées en grande quantité; il y avait aussi plusieurs tonneaux remplis d'eau ou de vin et le tout était dans le meilleur état de conservation.

« En voilà bien pour quelque temps, » se dit le Malais, « et nous n'avons pas à craindre de mourir de faim. La question est de savoir si cette carcasse échouée

pourra durer aussi longtemps que nos
provisions. Or, de cela, on peut au moins
douter. Mais qui gagne temps gagne tout.
Où sont les écueils, la terre n'est pas
loin. Dînons d'abord, nous verrons ensuite. »

Et prenant un morceau de biscuit et
une tranche de viande salée, il mordit
dessus à belles dents. Quelques gorgées
de vin terminèrent son repas. Comme il
se disposait à remonter sur le pont, il
entendit près de lui une sorte de mu-
gissement étouffé, et il se souvint qu'il y
avait à bord une vache dont le capitaine
s'était muni pour que le lait ne manquât
pas au déjeuner de Mme Western et de
son fils.

— Pauvre bête! dit Toby. On l'a ou-
bliée pendant la tempête et elle crie de
faim. Je ne la laisserai pas souffrir une
minute de plus.

Il se hâta de garnir son râtelier et il
se souvint alors de son jeune massa
Edouard. « Il n'a rien mérité de moi, »

se dit-il à lui-même, « ni de Maly non plus ; mais je ne veux pas être moins compatissant pour lui que pour cet animal et je lui porterai aussi à manger. Plus tard ce sera affaire à lui de se pourvoir de sa nourriture ; mais pour à présent il s'en tirerait mal : il ne saurait certainement pas trouver la chambre aux provisions. »

Et s'étant muni de biscuit, de viande et de vin, il se rendit à la cabine du jeune massa. Il frappa à la porte, mais Edouard ne répondit pas.

— Ouvre donc, sot que tu es ! lui cria-t-il par le trou de la serrure. Je t'apporte ton dîner et tu dois avoir faim. Ne m'entends-tu pas ?

— Laisse-moi tranquille, je n'ai pas faim. Ne te mêle pas de mes affaires.

— Soit, reprit Toby, qui avait mieux à faire que d'engager une querelle ; et posant par terre les provisions qu'il portait, il ajouta : — Quand tu auras faim, tu ouvriras, et trouveras là de quoi manger.

En disant cela il s'éloigna tranquillement, et, montant sur la dunette, il porta ses regards tout autour de lui, dans l'espérance d'apercevoir la terre ferme. Mais la vue était bornée en avant et des deux côtés par la crête des récifs ; elle ne s'ouvrait qu'en arrière sur la pleine mer, et là, rien que la mer et le ciel : pas l'ombre d'une côte, d'un rivage, d'une île si petite fût-elle.

« Rien, » se dit-il avec découragement; et il contemplait tristement cette barrière de rochers qui l'entourait. « Ah ! si j'étais oiseau et que je pusse voler par là-dessus ! Quant à gravir cette paroi si haute et si glissante, il n'y faut pas songer. Qui sait si je ne verrais pas au delà, par quelque brèche, en montant sur le tronçon du grand mât ?

Aussitôt dit, aussitôt fait. Toby grimpait comme un écureuil; en un instant il eut atteint le point culminant du vaisseau échoué. Mais de là encore il n'aperçut que cette muraille impitoyable qui fermait de partout son horizon. Alors, se laissant glisser sur le pont, il se jeta, triste et découragé, sur un paquet de cordages, et se mit à réfléchir à sa situation. Il n'eut pas un moment l'idée de regretter d'avoir à ses dépens sauvé la vie au brave Maly; mais il n'appliqua que mieux son attention à découvrir un moyen de se tirer de sa position si triste et si périlleuse. Il se disait bien qu'à moins de quelque nouvelle et violente tempête, la carcasse du navire pouvait tenir encore quelques semaines, mais il se disait aussi que rien n'était plus incertain, et qu'en fin de compte tout cela pouvait être mis en pièces d'un jour à l'autre.

« Si seulement, » se disait-il, « j'avais un bout de canot pour essayer de tourner ces maudits rochers et de voir ce qu'il y a derrière? »

Il se souvint alors qu'il y avait une petite embarcation suspendue au fronton du navire. Il y vola; mais, hélas! elle avait disparu. Une vague l'avait probablement emportée. Toby se rassit en soupirant, et laissa errer son regard distrait sur l'étendue de la mer, redevenue calme et ne gardant presque plus de trace de la violente agitation qui avait causé la perte du navire. Il s'abandonnait au découragement.

Tout à coup son visage s'illumina et ses yeux pétillèrent.

— Et pourquoi, s'écria-t-il, ne construirais-je pas avec quelques planches un radeau qui puisse me porter jusque-là ?

Animé par cette pensée, il se mit à l'œuvre, et en moins d'une heure il eut construit un petit radeau auquel il avait même trouvé le moyen d'adapter un mât, un peu branlant sans doute, mais pourtant capable de porter une voile. Cela fait, il jeta par-dessus le bord sa machine, qu'une longue corde attachait solidement au navire, et poussa un cri de joie en voyant qu'elle se soutenait très-bien sur l'eau. Alors il se disposa à descendre sur sa frêle embarcation ; mais jetant un regard de méfiance sur la cabine d'Edouard toujours fermée :

— Jeune massa serait capable, se dit-il en hésitant, de détacher la corde et de m'abandonner à mon sort.

Alors il imagina de barricader la porte de la cabine et d'en lier solidement les fermetures, en sorte que, même en y mettant toutes ses forces, Edouard ne pût l'ouvrir. Ainsi rassuré sur ce point il se glissa sur son radeau improvisé, attacha sur son tronçon de mât un morceau de voile qu'il tendit au moyen de quelques cordes, et, s'éloignant du navire, il gagna comme il put la pleine mer.

A mesure qu'il s'éloignait du vaisseau, son radeau était emporté plus rapidement à cause du vent qui prenait mieux sa petite voile. Mais il ne fut pas longtemps à s'apercevoir qu'il ne s'avançait pas dans la bonne direction et, dépourvu qu'il était de rame et de gouvernail, il

dut se laisser conduire comme le vent le
poussait. Bientôt une secousse violente
l'avertit que la longue corde qui attachait
au vaisseau son embarcation était au
bout de sa course. Il ne lui restait plus
qu'à s'en servir pour s'en retourner, et
c'est ce qu'il fit, tout en cherchant dans
son esprit un moyen d'atteindre son but,
c'est-à-dire de se diriger vers le point où
il pourrait doubler l'écueil. Ce moyen, il
l'avait trouvé avant d'arriver au navire.
Dès qu'il l'eut atteint, il y grimpa lestement, s'y munit d'une planche forte et
assez large qu'il assujétit avec des cordes
à l'arrière de son radeau en manière de
gouvernail. Cela fait, il se remit en mer
plein d'espérance.

Son grossier gouvernail lui servit au
moins à se maintenir dans une meilleure
direction. Il s'était d'ailleurs armé d'une
autre planche qui lui servait de rame,
et, le vent aidant, il approchait toujours
plus de l'écueil derrière lequel, la veille,
avaient disparu les deux chaloupes. En-

fin, après des efforts inouïs , trempé de sueur et les mains saignantes, il atteignit les rochers. Encore quelques pas et il allait les tourner ; mais, hélas ! la corde était trop courte, trop courte de quelques mètres, et ce ne fut pas sans un amer désappointement que le pauvre Toby dut reconnaître que sa seconde tentative ne devait pas avoir plus de succès que la première.

Il était près de pleurer. Mais il reprit courage, en garçon énergique et résolu qu'il était. Il se remit en route pour revenir au vaisseau, se proposant d'ajouter une autre longueur de corde à celle qu'il avait déjà, et de tenter une troisième fois l'entreprise. Mais de retour sur le brick, après de nouveaux et pénibles efforts , il se sentit si fatigué, ses mains étaient en si mauvais état, qu'il craignit de n'avoir pas assez de forces pour accomplir encore une fois ce laborieux trajet. Pendant qu'il se demandait s'il ne devrait pas remettre son entreprise au len-

demain, un coup violent frappé à l'intérieur contre la porte de la cabine lui
rappela qu'il n'était pas seul à bord du
navire.

— Ah ! Massa Edouard ! murmura-
t-il. Au fait, pourquoi ce fainéant de-
meurerait-il ici les bras croisés, pendant
que je me tue de peine pour nous tirer,
lui et moi, de cette terrible position ?
Qu'il travaille avec moi, et je ne puis
manquer de réussir...

En disant ces mots, il débarrassa la
porte de la cabine, ôta les entraves de la
serrure, ouvrit et entra. Un coup de
poing qu'Edouard lui porta en plein visage fut l'accueil qu'il en reçut.

— Vaurien, pourquoi m'as-tu enfermé
ici ? cria le jeune massa ; comment oses-
tu, misérable gamin, me laisser appeler
et frapper si longtemps ?

— Ho! ho! mon camarade, ne nous
échauffons pas, reprit Toby, en saisissant le bras d'Edouard que celui-ci levait
pour frapper de nouveau. Pense seule-

ment que nous ne sommes pas à Calcutta, mais sur cette carcasse échouée et
que je suis le plus fort de nous deux.
N'oublie pas que nous avons un compte
très-long à régler ensemble, et que c'est
toi maintenant qui vas être mon servi-
teur et mon esclave, comme j'ai été si
longtemps le tien. Si tu m'obéis de bonne
grâce, nous ne parlerons pas du passé ;
mais fais bien attention à ceci : il faut
laisser là tes airs impertinents, qui ne
sont plus de saison. Je veux une obéissance prompte et complète. Mange un
morceau, car tu dois avoir faim, et puis,
à l'ouvrage. Dépêche-toi seulement, car
la soirée s'avance et nous n'avons pas de
temps à perdre aujourd'hui.

Alors lâchant le bras d'Edouard, qu'il
avait tenu jusque-là, Toby jeta sur lui
un regard menaçant et s'en alla chercher
la corde de rallonge dont il avait besoin.
Edouard, abasourdi, demeura un instant
comme hébété. Il ne pouvait se figurer
que ce fût son esclave qui lui parlât

ainsi. Ses idées se brouillaient dans son cerveau, mais, bientôt, emporté par un mouvement de fureur, il saisit une hache qui lui tomba sous la main.

— Il faut que je le tue, murmura-t-il entre ses dents ; et il chercha Toby de ses regards furieux. Celui-ci remontait alors l'escalier de l'entre-pont chargé d'une longue et lourde corde, sans se douter des projets menaçants d'Edouard. Heureusement, averti par le bruit de ses pas, il tourna la tête et le vit devant lui brandissant son arme, les dents serrées et l'œil en feu. A peine eut-il le temps de faire un saut en arrière et d'éviter le coup que lui portait ce jeune furieux dont la colère doublait les forces. Mais avant qu'il put relever la pesante hache, Toby, jetant à terre son fardeau, se précipita sur lui avec l'agilité du tigre. Tous deux roulèrent sur le plancher ; mais Toby eut bientôt pris le dessus.

— Ah ! tu voulais me tuer, méchant garnement : il te faut une leçon ! — Alors, repoussant du pied l'arme meurtrière, il rossa si bien Edouard terrassé que ses rugissements de rage se changèrent bientôt en cris de douleur.

— Comprends-tu maintenant, lâche scélérat, que tu ne peux rien contre moi? lui dit-il, pendant qu'il se roulait par terre en gémissant. Ne t'ai-je pas dit que tu es à présent mon esclave et que moi je suis ton maître? Malheur à toi si tu cherches encore à te révolter! Je redoublerai le châtiment. C'est à présent mon tour, méchant drôle, et tu auras encore bien des coups à recevoir avant que je t'aie rendu tous ceux que Maly et moi nous avons reçus de ta main. Allons! qu'on se lève, et à l'ouvrage! Il faut que tu apprennes à obéir. Dépêche-toi donc, ou je...

L'air menaçant et le poing fermé de Toby faisaient assez comprendre le reste. Edouard refoula ses cris dans son gosier et se leva; mais le regard qu'il jeta sur Toby était si plein de haine que celui-ci lui dit en levant le poing : — Prends-y garde ; encore une tentative de ce genre et je fais roussir ta peau avec de la poudre et de l'amadou, comme tu l'as fait si souvent à Maly et à moi. Penses-y ! et maintenant en avant : saute sur le radeau !

Edouard considéra avec terreur cette fragile embarcation qui se balançait au-dessous de lui et il recula d'un pas.

— Je ne veux pas, dit-il avec une colère concentrée.

— Tu ne veux pas ?

— Non, non, je ne veux pas ! et il frappait du pied. Tu n'as rien à me commander ! Attends seulement que les matelots reviennent et que nous arrivions à Calcutta ! Tu payeras cher ton insolence. Je te ferai fouetter jusqu'à ce que ta chair tombe en lambeaux.

— Bien, dit Toby avec un sourire amer, j'y compte ; mais, en attendant, je veux profiter de ce que nous sommes seuls pour te faire voir comme cela est bon d'être fouetté. Les matelots, tu les attendras longtemps : Dieu sait où ils sont !... peut-être dévorés par les requins. Mais nous verrons tout cela plus tard. Pour à présent, saute là-bas, te dis-je !

— Je ne veux pas !

A peine avait-il parlé que Toby, le saisissant à bras-le-corps, le jeta sans cérémonie dans la mer. Edouard, criant et hurlant, se débattit dans l'eau jusqu'à ce qu'il se fût accroché au radeau sur lequel il se hissa non sans peine. Là il s'assit, trempé comme un barbet, soufflant et crachant en secouant l'eau de ses cheveux.

— Eh bien ! lui cria Toby, dis maintenant que tu ne veux pas obéir ! Allons, courage ! tends-moi cette voile et qu'on se dépêche ! Si tu n'as pas fini quand je descendrai, tu iras prendre un second bain aussi peu agréable que le premier. M'as-tu entendu, mon garçon ?

Encore tout étourdi de sa chute dans l'eau, Edouard obéit machinalement. Il

se leva et essaya d'arranger la voile. Mais
sa colère n'était qu'à demi vaincue. Il ne
pouvait encore se persuader que ce Toby,
son misérable esclave d'hier, fut réellement devenu son maître aujourd'hui, et
se sentait toujours vivement poussé à lui
refuser obéissance. Ne pouvant réussir à
assujétir la voile, il la mit de côté et chercha à grimper sur le navire. En ce même
moment Toby, qui avait achevé ses pré-
paratifs, se disposait à descendre sur le
radeau. Il y sauta, en effet, et, adminis-
trant un rude soufflet à son compagnon :

—Ne t'ai-je pas commandé, lui cria-t-il
dans l'oreille, de m'arranger cette voile ?
Et crois-tu, drôle, que je ne saurais pas
te faire obéir ? Tu vas voir !

Et le saisissant au collet d'une main vi-
goureuse, il le plongea tout entier dans
la mer à plusieurs reprises, sans tenir
le moindre compte de ses cris et de ses
contorsions ; puis il le laissa sur les
planches à demi évanoui.

— Tu vois que je ne t'épargnerai pas,

mauvais bon à rien! lui cria-t-il. Chaque faute, chaque désobéissance, chaque tentative de révolte sera immédiatement châtiée, et tu seras traité comme tu as traité si souvent et sans raison Maly et moi. Souviens-t'en et tremble! Et maintenant, au gouvernail! Vois que nous n'allions pas à la dérive. Allons! sus! un bon coup pour nous séparer du vaisseau!

Edouard se sentait comme anéanti et n'eut pas la force de résister. Il se leva et obéit du mieux qu'il put. Il s'en tirait assez mal; mais Toby, qui au fond avait pitié de lui, et lui tenait compte de l'intention, se contenta de le reprendre sans le châtier. Le radeau avança lentement d'abord, mais sa vitesse s'accrut à mesure qu'il gagnait la pleine mer. Comme les premières fois, le vent prit sa voile et les deux navigateurs n'eurent qu'à se maintenir dans la bonne direction, chose bien plus facile maintenant qu'ils étaient deux. Toby s'empara de la rame, dont le maniement demandait plus d'adresse et de vigueur, et Edouard demeura au gouvernail. Il n'avait qu'à le tenir dans la position voulue, ce qui ne demandait qu'un peu d'attention.

Il était là silencieux et perdu dans ses sombres pensées. Son orgueil profondément humilié refusait de se plier à la situation qui lui était faite. Lui, le fils du riche et puissant Western, devant qui, peu de semaines auparavant, tremblaient des centaines de serviteurs ou d'esclaves ; lui qui, d'un seul mot, d'un seul geste, pouvait faire tomber sur des têtes innocentes les plus terribles châtiments, c'était lui, le redouté massa Edouard, l'enfant chéri, gâté et choyé de sa mère, qui devait obéir maintenant et faire le travail d'un esclave ! Et obéir à qui ? à celui-là même qui avait été, durant des années, le jouet de ses fantaisies, son souffre-douleur, la victime de ses caprices ; à ce vil subalterne qu'il avait si longtemps attelé à son chariot, frappé de son fouet et châtié sans miséricorde

comme il l'eût fait d'une bête de somme !
Et c'était là aujourd'hui son maître ! Et
il devait, lui, Edouard, souffrir aujour-
d'hui de ce vil esclave les mauvais traitements qu'il avait si souvent fait subir à
d'autres ! A cette pensée, Edouard frémis-
saide rage et, grinçant des dents, il jetait
un regard chargé de haine sur son compagnon. Celui-ci, tout entier au maniement de sa rame, penché sur le bord du
radeau, ne s'occupait plus d'Edouard,
qu'il croyait, d'ailleurs, avoir assez ver-
tement châtié pour n'avoir plus rien à
craindre de lui. Cependant Edouard ma-
chinait en ce moment une détestable
trahison contre le malheureux Toby.

— Il faut que je le jette dans la mer,
se disait-il ; il ne sait pas beaucoup mieux
nager que moi ; je m'éloignerai rapidement avec le radeau : il se noiera, et je
serai pour toujours débarrassé de ce misérable qui a osé lever la main contre
son maître.

Edouard, aveuglé qu'il était par sa

rage, ne pensait pas aux conséquences
qu'aurait pour lui son détestable projet.
Il avait soif de vengeance et voulait se
satisfaire à tout prix. Il assujétit doucement avec un bout de corde la barre du
gouvernail afin que le radeau ne fît aucun mouvement qui pût attirer de son
côté l'attention de Toby ; puis il se leva
et se glissa sans bruit derrière son compagnon. Celui-ci était tout occupé de sa
manœuvre dont le succès le réjouissait.
Il se voyait à quelques pas des récifs ;
encore un instant, et il aurait tourné cette
barrière mystérieuse ; il verrait ce qu'elle
lui cachait. Il redoublait d'efforts; déjà il
touchait presque au bord de l'écueil,
lorsqu'il se sent violemment poussé par
derrière et précipité dans la mer dont
les vagues se rejoignent sur sa tête.
Edouard jette un éclat de rire, et, sans
plus s'inquiéter de son malheureux compagnon, il saisit la corde et, réunissant
toutes ses forces, la tire à lui pour se
rapprocher du navire. Toby fit encore

entendre un cri de détresse, puis le silence se fit ; et quand le meurtrier eut atteint le vaisseau et qu'il jeta les yeux autour de lui, il ne vit au loin que la vague frissonnante et n'entendit que le léger bruissement du flot qui se brisait contre l'écueil.

— Le voilà bien mort, se dit-il, et j'en suis débarrassé pour toujours ! Cela lui apprendra, le vaurien, à lever la main contre son maître !

CHAPITRE V.

Sur le radeau.

Le crime ne demeure jamais impuni :
Dieu se charge d'infliger le châtiment.
Quelquefois il semble l'avoir oublié; mais,
ne vous y trompez pas, l'expiation est
déjà commencée dans le cœur du méchant. A qui sera-t-il donné d'y découvrir ce ver caché qui le mord, l'agite et
le brûle, chasse le sommeil de sa couche
et rend le plus fort si lâche et si faible,
que le simple frémissement du vent dans
le feuillage ou le bruissement des feuilles

3.

sèches sur le sol le remplit d'effroi ? Ce ver, nul ne le voit; mais il existe pourtant, et pour le cœur qu'il ronge , il n'y a plus ni paix ni joie sur la terre, ni paix en Dieu, ni espérance au ciel.

Mais souvent le châtiment tombe sur le coupable comme la foudre, et il en fut ainsi pour Edouard, qui venait de satisfaire sa haine en donnant la mort au pauvre Toby.

Arrivé au vaisseau, Edouard essaya avant tout de se hisser à bord. Ce n'eût pas été une affaire pour le pauvre Toby, qui avait si bien appris à grimper qu'il eût sans peine escaladé le grand mât avec le secours d'une simple corde; mais pour Edouard c'était autre chose. Accoutumé dès son enfance à être servi , il était demeuré lourd et maladroit. Or le navire se dressait devant lui sur une hauteur de plusieurs mètres, et pour y grimper, il n'avait que la corde. Il était là , considérant, non sans trouble , cette paroi inaccessible. S'il avait eu Toby près de lui, il

en aurait reçu un précieux secours ; mais
Toby, où était-il ?... Edouard sentait l'effroi se glisser dans son cœur. Il voulut
essayer pourtant, et il essaya. Il parvint
à s'élever de deux, trois, quatre pieds,
mais il ne pouvait monter plus haut ; ses
bras faiblissaient, ses mains ne pouvaient plus serrer la corde et il était entraîné sur le radeau. Sa dernière tentative fut plus malheureuse encore. Au lieu
de se retrouver sur les planches, il tomba
dans l'eau et il vit avec terreur que le radeau s'était éloigné de lui d'environ dix
pas. Il avait négligé d'assujétir la corde
de manière qu'il ne pût s'écarter du navire, et la lame l'entraînait au large.
Heureusement pour l'imprudent, qu'il
n'avait pas lâché la corde. Sans cela
c'en était fait de lui, car il nageait fort
mal : il était noyé sans rémission. Il
réussit, en se cramponnant à son câble, à
tenir sa tête hors de l'eau ; mais qu'allait-il devenir ? Comment sortir de cette
terrible position ? Si Toby eût été là, il

l'en eût tiré sans doute ; mais Toby, où était-il ?...

Pendant quelques minutes, il demeura suspendu à la corde sans faire un mouvement. Mais bientôt il essaya de tirer à lui le radeau, qui continuait à fuir. Ce fut en vain. Il put à peine le faire avancer d'un ou deux pieds, puis ses forces épuisées ne suffisaient plus à le retenir et il voguait de plus belle vers la pleine mer.

Que faire ? La terreur d'Edouard se traduisait en hurlements désespérés. Il aurait donné la moitié de ses trésors pour rappeler auprès de lui le pauvre Toby ; mais Toby, où était-il ?...

Ne pouvant atteindre le radeau, il essaya de remonter sur le navire. Il rassembla toutes ses forces et, par des efforts convulsifs, il parvint à s'élever un peu plus haut ; mais il était encore loin du but et il dut, ses forces l'abandonnant, se laisser glisser en bas jusqu'à ce qu'il effleurât l'eau de ses pieds. Le voilà replacé dans la même situation désespérée, plus épuisé, plus découragé, et les mains déchirées et saignantes. En vain essaya-t-il de nouveau, après un moment de repos, d'accomplir sa difficile entreprise : il ne fut pas longtemps à se convaincre qu'il lui était impossible de se sauver.

Quelle affreuse position que la sienne ! Etre si près du port et ne pouvoir pas l'atteindre ! Voir la mort imminente et ne pouvoir y échapper ! Oh ! comme il implore ardemment la miséricorde divine, lui qui n'avait jamais fait miséricorde ! Oh ! comme il verse des larmes amères, comme il sent son cœur rempli d'angoisses, lui qui avait fait verser tant de larmes et causé tant de souffrances à ses malheureux esclaves ! Le voilà suspendu sur son tombeau, sur ce même tombeau où il vient de précipiter traîtreusement son compagnon d'infortune, et qu'il s'est ouvert par son crime ; car si Toby pouvait lui porter secours il échapperait à

la mort. Mais Toby, où était-il?... Sans
doute au fond de la mer.

« Toby! Toby! Toby! » s'écriait-il dans
son angoisse; mais Toby ne l'entendait
pas; Toby ne répondait pas, Toby ne
venait pas à son secours. Ah! pourquoi
avait-il donné la mort à Toby ?

La situation d'Edouard devenait de
plus en plus critique. Ses forces s'épui-
saient de plus en plus. Ses membres
tremblaient de froid ; ses lèvres et ses
ongles étaient bleus, et ses doigts raidis
pouvaient à peine tenir la corde, son
dernier refuge contre la mort.

Il pensa bien à se laisser glisser le
long du câble, dans l'espoir d'atteindre
le radeau ; mais le câble, qui était très-
long, plongeait naturellement dans l'eau
à une assez grande profondeur, et ne pouvait le soutenir à la surface; il dut renoncer à cette tentative et s'avouer qu'il
ne lui restait absolument aucun moyen de
salut. Il demandait à Dieu, en pleurant,
grâce et miséricorde; mais sa voix sans

écho s'éteignait sur la mer. Nulle main
ne lui était tendue, nul être n'avait pitié
de lui, nul secours ne se révélait. La
dernière main secourable, le dernier
cœur qui eût pu compatir à sa détresse,
le dernier ami qu'il eût pu appeler à son
aide, il l'avait lui-même repoussé, enseveli
dans les flots. Comme son repentir est
amer et brûlant! Mais le repentir ne peut
faire que ce qui a été fait ne l'ait pas été.

Cependant la miséricorde de Dieu est
plus grande que celle des hommes. Dieu
vit les angoisses de ce malheureux, il vit
ses remords et il eut pitié de lui. Un
léger vent se leva, venant du large, au
moment où le soleil, qui allait disparaître
sous l'horizon, teignait le ciel et la mer
d'un pourpre magnifique. Edouard, ébloui
par cet éclat, avait fermé les yeux. Cependant, poussé par le vent, le radeau se
rapprochait de plus en plus du navire.
Edouard, devenu comme étranger au sen-
timent de l'existence, retenant machinalement la corde, les yeux fermés, n'avait

plus qu'une seule pensée : « Tu es perdu
sans ressource ; tu as détruit toi-même le
bras qui pouvait seul te secourir, et Dieu
ne vient pas au secours d'un coupable,
d'un meurtrier ! »

Mais voilà qu'un léger bruit se fait entendre, si léger que l'oreille d'Edouard
le perçoit à peine ; et au même instant
une ombre s'interpose entre sa paupière
fermée et l'éclat éblouissant du ciel.
Edouard remarqua cette ombre, mais il
crut que le soleil venait de se coucher,
et il était si faible, si épuisé, qu'il n'eut
pas la force d'ouvrir les yeux. Alors il
entendit près de lui le bruit d'un choc
contre la carcasse du vaisseau ; un choc
sourd mais très-distinct, et le clapote-
ment de la voile contre le mât. Il relève
aussitôt la tête, il ouvre les yeux, il croit
rêver, le radeau était là, à la portée de sa
main, flottant près du vaisseau. Il peut
le saisir, il le saisit avec une hâte désespérée ; il l'attire à lui, s'y jette haletant
et joyeux et, couché sur ces bienheureu-

ses planches, sa bouche s'ouvre d'elle-
même et prononce ces mots : « Mon Dieu !
je te remercie ! Merci , merci, ô mon
Dieu ! » Puis il retombe et perd connaissance.

La joie de cette délivrance inespérée
était trop grande pour que, dans son
état de complet épuisement, il pût la
supporter.

Il s'écoula plusieurs heures avant
qu'Edouard sortît de ce sommeil léthar-
gique. Quand enfin il ouvrit les yeux,
les étoiles brillaient au ciel et la lune
disparaissait derrière l'horizon en versant
sur la mer comme un ruisseau d'argent.
L'air était frais et Edouard frissonnait de
froid. Il se leva et regarda autour de lui.
Le radeau s'était de nouveau éloigné du
navire autant que la corde l'avait permis,
et il flottait çà et là comme la vague le
poussait. Une épaisse brume grise s'étendait au loin sur les flots ; mais bientôt
l'orient s'empourpra, une lumière vive et
pure brilla dans le ciel, et Edouard com-

prit que le soleil allait se lever. Il ne pouvait voir le lever même de l'astre que lui cachait la barrière des récifs. Il se coucha de nouveau et se mit à réfléchir sur sa situation. Son cœur était redevenu triste ; car s'il avait sauvé sa vie, il ne savait comment il s'y prendrait pour la conserver. Il n'avait, lui semblait-il, obtenu qu'un court sursis. Qu'allait-il faire sur ce radeau, dépourvu qu'il était de toute provision ? Il n'aurait donc fait qu'échanger la mort qui le menaçait tout à l'heure contre le supplice plus long et plus affreux de la faim et de la soif. Quelle horrible perspective et comment y échapper ?

Cependant le vent du matin s'était levé, et il soufflait si fort dans la voile du radeau, qu'Edouard craignit, non sans raison, qu'il ne fît rompre la corde qui l'attachait au vaisseau et qu'il ne le lançât en pleine mer. Cette crainte le réveilla de son engourdissement. Il fit un effort pour se maintenir le plus près possible du

vaisseau, se disant qu'il avait la chance
que quelqu'un des matelots pût y revenir
et lui porter secours, et qu'en tout cas
cela valait bien mieux que d'être entraîné
vers la pleine mer, où son misérable radeau pouvait être détruit par un coup de
vent. D'ailleurs, peut-être finirait-il par
trouver un moyen de se hisser sur le navire, et là étaient des vivres en abondance.

Il comprit qu'il devait d'abord détacher
sa voile, et, affaibli comme il l'était, avec
ses mains déchirées et endolories, il n'y
parvint qu'avec beaucoup de peine. Cela
fait, il essaya d'assujétir le radeau, au
moyen de la corde, de telle sorte qu'il
ne pût s'écarter du navire. Nouveaux
efforts, nouvelles souffrances occasionnées
par ces pauvres mains, si meurtries et
si peu habituées au travail. Mais la né-
cessité rend l'esprit inventif. Il commença
par détacher avec son couteau de poche
quelques lambeaux de la voile dont il se
servit pour envelopper et panser ses

mains ; puis il s'approcha tout à fait du
navire et prit soin de retirer à lui toute
la corde et de la rouler sur le radeau.
Alors il en entoura une planche de son
embarcation et fixa cette attache au
moyen de plusieurs nœuds. Cela ne se
fit pas sans beaucoup de fatigue et de
sueurs. Assuré maintenant que le sol ne
manquerait plus sous ses pieds, il se jeta
épuisé sur sa voile et tourna de nouveau
un regard d'envie sur la paroi du vaisseau qui se dressait si près de lui, toujours inaccessible. « Ah ! si je pouvais être
là-haut ! » se dit-il en soupirant ; et il tendait vers ce but toutes les forces de son
esprit. S'élever à l'aide de la corde, il
n'y fallait pas songer ; mais n'y aurait-il
pas quelque autre moyen ? Et sa pensée
revenait alors de plus en plus vers Toby,
dont le secours lui serait si nécessaire.
Oh! comme il lui eût maintenant obéi !
Comme il aurait fait de tout son cœur
tout ce qu'il lui aurait commandé pour
leur salut commun ! Son orgueil était

complétement brisé et vaincu ; s'il appelait Toby de ses vœux, c'était non pour
avoir un esclave, mais bien un aide et
un protecteur, car il voulait l'aimer comme
un ami, comme un frère, comme son
maître, s'il le fallait. Oui, que Toby fût
le maître, et lui l'esclave ! il se résigne-
rait à tout, il accepterait tout, pourvu
qu'il le tirât de cette funeste situation et
qu'il lui donnât les moyens d'apaiser cette
horrible faim qui rongeait si cruellement
ses entrailles. Depuis la veille au matin,
ce malheureux enfant n'avait pris aucune
nourriture ; aussi se sentait-il tellement
affamé, qu'il lui semblait que son complet épuisement allait se terminer par la
mort. Désolé et désespéré, il versait des
larmes amères, que lui arrachaient le
froid, la douleur et la faim. Ah ! qu'il
eût échangé volontiers son sort contre
celui du plus misérable des esclaves de
son père ! Mais nul échange n'était possible, et il lui fallait vider ce calice d'a-
mertume qu'il avait rempli de sa main

4

lorsqu'il avait précipité dans la mer le pauvre Toby.

Les heures succédèrent aux heures ; le soleil se leva dans un ciel sans nuages. D'abord réchauffé par ses rayons brûlants, il en fut bientôt incommodé, et aux angoisses de la faim vinrent s'ajouter celles d'une soif dévorante. Il eût bien pu se mettre à l'ombre sous la voile ; mais il fallait l'étendre et l'assujétir, et il n'en avait pas la force. Il eut l'idée qu'un bain le rafraîchirait ; et, se dépouillant de ses vêtements aussi vite que sa faiblesse le lui permit, il se laissa tomber dans la mer en se retenant des deux mains à l'extrémité fixée de sa corde. Ce bain le rafraîchit en effet beaucoup et calma sensiblement les angoisses de la soif. Il reprit un peu de courage et remonta sur le radeau. Mais l'aiguillon pressant de la faim ne tarda pas à se faire sentir. Abattu de nouveau, il s'accoutuma si bien à la pensée de sa mort prochaine, que cette perspective n'aurait plus eu de terreurs pour lui , s'il avait été assuré de mourir subitement. Ce qui le terrifiait , c'était cette lente agonie et ces horribles souffrances qu'il regardait comme inévitables. A cette pensée tout son être se soulevait; il promenait avec égarement ses regards autour de lui , et il éclatait en plaintes et en gémissements.

Deux heures se passèrent. C'était le moment de la marée basse. Cette circonstance importait peu à Edouard, et il l'eût à peine remarquée, si, en regardant du côté des récifs , il n'eût aperçu , au bas de la muraille de rochers que l'eau venait d'abandonner, quelques coquillages fixés à l'écueil. Se dresser sur ses pieds et, par des efforts inouïs, pousser son radeau de côté , arracher les coquillages, les briser contre le rocher, dévorer avidement cette proie, fut pour lui l'affaire d'un instant. Que de fois il avait méprisé, sur la table richement servie de son père, ce pauvre mets, et qu'il le trouvait délicieux en ce moment ! Jamais frian-

dises, mets coûteux ou recherchés ne lui
avaient causé un tel plaisir. Comme il
bénissait Dieu pour ce bienfait! Il put se
rassasier de ces coquillages qui abon-
daient, et il en ramassa une provision
sur son radeau. Le voilà rassuré pour un
jour au moins contre la faim; et quant à
la soif, il verrait à la calmer à l'aide de
bains réitérés, puisque ce moyen lui
avait déjà réussi.

Tout un jour de répit! c'était là une
grande affaire pour ce malheureux enfant
naufragé. Que ne pouvait-il pas arriver
durant ces vingt-quatre heures? Un
vaisseau pouvait passer par là et le re-
cueillir; le capitaine pouvait revenir et
le sauver; et que d'autres bonnes chances
encore pouvaient s'offrir? Peut-être réus-
sirait-il enfin à se hisser à bord du navire, et c'était là le sujet de ses princi-
pales préoccupations, car son courage
était revenu à mesure que son corps
s'était fortifié par la nourriture. S'il pouvait enlever le mât du radeau, peut être

lui serait-il possible, en l'inclinant et l'appuyant sur le flanc du vaisseau, de s'élever jusque sur le pont. Il tenta cet essai ; il rassembla toutes ses forces pour secouer le mât ; mais à peine put-il l'ébranler un peu : il ne lui fut pas possible de l'enlever. Si Toby eût été là, c'eût été un jeu pour lui ; ou plutôt on n'eût pas eu besoin de recourir à ce moyen. Mais Toby, où était-il ?... Hélas ! Edouard ne pouvait penser à autre chose. Cette pensée le remplissait de trouble et de tristesse ; il pleurait amèrement ; son cœur était déchiré de repentir ; il eût donné tout au monde pour revenir sur ce terrible passé.

Le soir vint, puis la nuit, et Edouard, pour si bien qu'il eût regardé, n'avait aperçu aucune voile surgir à l'horizon. Les étoiles brillaient au ciel et sur les flots ; la lune répandait sa lueur argentée sur le miroir brillant de la mer. Appuyé contre le mât, Edouard plongeait son regard au loin espérant toujours dé-

couvrir un vaisseau libérateur. Mais il
ne voyait rien que la mer et le ciel.
Enfin, il s'endormit, et, le matin, en
s'éveillant, il se trouva complétement
mouillé. Une vague, plus haute que les
autres, avait couvert son radeau et avait
hélas! emporté sa provision de coquillages. Il était donc décidé qu'il devait
mourir là, et mourir de faim. Le reflux
arriva, mais sans utilité pour lui. Il n'y
avait plus de moules au rocher, il les
avait toutes enlevées la veille. Voici donc
revenir le tourment de la faim, de la
chaleur et de la soif! Il ne pouvait avoir
recours au bain : il était trop affaibli
pour cela, et d'ailleurs il avait la fièvre.
Est-il surprenant qu'il fût malade, lui,
un enfant si délicatement élevé, et qu'on
avait si soigneusement soustrait à toute
fatigue et à toute privation? Vers le soir,
la respiration oppressée, les yeux à demi
fermés, il attendait, avec une morne
résignation, la mort, qui ne devait pas
être éloignée. Encore une nuit, et il ne

serait plus. — O Toby! Toby! s'écria-t-il douloureusement, pourquoi n'es-tu pas ici? Tu me sauverais, toi! Que je te servirais volontiers! O Toby! Toby!

— Me voici, hé! cria en ce moment une voix fraîche qui semblait venir du ciel. Massa Edouard, où donc êtes-vous?

Edouard, arraché par cette voix à ses songes lugubres, se lève aussitôt et promène autour de lui ses yeux écarquillés. Son regard se dirige vers le vaisseau. Il n'y a personne! Mais non loin de là, sur la cime du rocher le plus voisin, se dressait une forme humaine, nettement découpée sur un ciel lumineux. Ce fut avec un mélange de terreur et de joie et un profond tressaillement de tout son être qu'Edouard s'écria :

— Dieu Sauveur! Toby!... Est-ce toi ou est-ce ton esprit qui revient pour me châtier?

— Ce n'est pas mon esprit, répondit Toby (car c'était lui); c'est bien moi en chair et en os. Quant au châtiment,

sois tranquille; que je puisse te rejoindre, je réponds qu'il ne te manquera
pas. Mauvais garnement, méchant traî-
tre, qui as voulu me noyer! Prépare-toi
à être roué de coups.

— Oh! oui, oui, s'écria Edouard avec
ravissement; bats-moi, maltraite-moi,
fais de moi ce que tu voudras, Toby! Je
souffrirai tout de toi, car j'ai tout mérité, pourvu que tu me sauves la vie.
Hélas! mon Dieu! je vais mourir d'épuisement et d'inanition!

A ces mots, Edouard s'affaissa sur le
radeau et une pâleur de mort couvrit
son visage. La terreur et la joie l'avaient
bouleversé.

— Je crois, en vérité, qu'il va mourir,
dit Toby. Non, cela ne sera pas, si je puis
l'empêcher. Il faut auparavant qu'il paie
tout le mal qu'il a fait à Maly et à moi.
C'est mon tour, maintenant, et il va s'en
apercevoir.

Et, sautant avec l'agilité d'un singe, il
se trouva instantanément sur le radeau

à côté de ce terrible massa qui, pendant
des années, l'avait tant fait souffrir. Mais
qu'il était changé, depuis le moment où il
avait été séparé de lui ! Il était là étendu
sans mouvement, pâle comme un mort,
amaigri, exténué, les yeux caves, les lèvres (ces lèvres autrefois si fraîches et si
vermeilles) blêmies et crispées ! Toby,
quelque soif qu'il eût de se venger, se
sentit saisi de compassion et il ne leva
pas la main contre l'enfant. Il grimpa sur
le vaisseau, y prit du pain et du biscuit,
revint auprès d'Edouard et le soigna
presque avec tendresse.

— Maly avait raison, se disait-il à lui-
même ; Dieu punit les méchants, qu'ils
soient pauvres ou riches. Il a châtié
celui-ci sans avoir besoin de ma main.
Pauvre garçon ! on le dirait, en effet, à
moitié mort de faim ; comme il dévore !
— Tiens, encore ce morceau ; prends
courage. Eh bien ! cela va-t-il mieux
maintenant ?

Edouard répondit par un signe, et

Toby, agenouillé près de lui, lui donna ses soins comme à un frère. Et cependant il était venu à lui avec des idées de vengeance. Ah ! c'est que le cœur de l'homme est comme une cire molle entre les mains de Dieu, et Toby constatait, non sans surprise, cette complète transformation de ses sentiments.

Avant la nuit, les deux enfants naufragés se trouvaient ensemble à bord du navire. Edouard s'étendit sur le moelleux divan de sa cabine, et Toby le servait d'aussi bon cœur que s'il n'avait jamais eu à se plaindre de lui. Et une heure auparavant il voulait le battre, le châtier, le faire souffrir. C'est vraiment merveilleux de voir comment le Seigneur gouverne les pensées de l'homme !

CHAPITRE VI.

Dans l'île.

Comment Toby avait-il échappé à la mort? Par quel miracle, lui qui devait être au fond de la mer, s'est-il retrouvé à la cime d'un rocher?

Nous n'avons pas oublié que lorsque Edouard avait précipité dans les flots son malheureux compagnon le radeau était parvenu à l'extrémité des récifs, de telle sorte que Toby espérait toucher au moment où il verrait enfin ce que lui dérobait cet écran. Ainsi violemment jeté dans l'abîme, Toby eût infailliblement

péri, si, par bonheur, il n'eût gardé dans
la main, en tombant, la planche dont il
se servait comme rame. Ce fût là l'in-
strument de son salut. Il s'y cramponna
instinctivement et lui dut de pouvoir,
après son premier plongeon, se maintenir à la surface de l'eau. S'appuyant de
la main gauche sur ce bois, et ramant de
la droite, il essaya de rejoindre le radeau ; mais il fut poussé par les vagues
du côté de l'écueil, et c'est ce qui fit
qu'Edouard ne l'aperçut pas et dut le
croire noyé. Toby lutta vaillamment
contre le danger. Tenant sa tête hors de
l'eau, il se laissa porter par la vague, et
bientôt il eut la satisfaction de sentir un
sol ferme sous ses pieds. Il était sur le
banc de rochers. Plein de joie, il se garda
bien pourtant d'abandonner sa planche,
et bien lui en prit. Il se maintint de son
mieux sur ce sol accidenté, fut deux ou
trois fois renversé par la vague, reprit
pied, et put enfin gagner, à grand'peine,
une crête de l'écueil où la mer n'attei-

guait pas. Quels ne furent pas son étonnement et son bonheur, lorsqu'il aperçut, à peu de distance et séparé par un étroit bras de mer, un beau rivage, planté d'arbres, couvert de prairies verdoyantes et couronné par une superbe forêt de cocotiers chargés de leurs fruits!

Comme il se félicita de n'avoir pas abandonné sa planche! Eût-il pu, sans elle, aborder à cette île fortunée? Mais, avec son aide, ce serait un jeu pour lui de traverser ce bras de mer, si étroit et si calme qu'on eût dit une glace réfléchissant le ciel. Aussi, sans de plus longues réflexions, après un moment de repos, se remit-il bravement à la nage, en se dirigeant vers le rivage opposé. Là il trouverait, ne fût-ce que dans les noix de coco, une alimentation suffisante. Le voilà rassuré pleinement pour l'avenir, sans compter toutes les ressources qu'il pouvait découvrir encore.

En dix minutes il eut atteint ce bienheureux rivage; il monta sur une émi-

nence voisine, et devant ses yeux ravis
se déroula une vaste et fertile contrée.
Des noix de coco étaient répandues en
abondance sur le sable ; des buissons
d'ananas couverts de leurs cônes savou-
reux sortaient des fentes de rochers, et
des fruits de diverses sortes, dont plusieurs étaient connus de Toby comme
bons à manger, pendaient aux arbres
environnants. Un large et clair ruisseau
sortant de la forêt voisine serpentait
à travers les prairies et venait déboucher
dans la mer par une série de cascades.
L'eau, que Toby s'empressa de goûter,
en était excellente et remarquablement
fraîche.

— Tout va bien, se dit-il ; pourvu que
je puisse arriver au brick et y faire mes
provisions, je suis sauvé. Plus tard, j'a-
viserai aux moyens de me réunir à mes
semblables. Il est heureux, à tout prendre, qu'Edouard m'ait jeté à la mer ; car
je n'aurais pu, du radeau, apercevoir ce
beau pays. Les récifs m'en auraient dé-

robé la vue, et je n'aurais pas osé les gravir. Pourquoi l'équipage du brick n'est-il pas demeuré à bord? Nous eussions trouvé ici toutes les ressources désirables, et, au besoin, nous aurions pu y construire un autre vaisseau !

Ayant alors ramassé quelques noix de coco, Toby les ouvrit à l'aide de son couteau et en mangea l'amande. Ainsi rafraîchi et restauré, il s'approcha de la forêt et aperçut devant lui une colline élevée entièrement couverte de bois. Il résolut de la gravir, avec la pensée, une fois atteint le sommet, de grimper encore sur un des plus grands arbres, pour découvrir de là une plus grande étendue de son nouveau domaine. Il saurait ainsi s'il se trouvait sur une île ou sur un continent.

Il s'engagea sous les frais ombrages de la forêt, s'avançant d'un pas prudent et léger. Des oiseaux aux brillantes couleurs se balançaient sur les branches ; de beaux papillons voltigeaient de fleur en fleur et des lézards aux reflets changeants couraient sur les feuilles sèches. Les oiseaux étaient si familiers qu'ils se laissaient approcher de très-près et que Toby eût pu les saisir avec la main.

— Cela ne me plaît pas, dit-il en lui-même. S'il y avait ici des hommes, ces animaux seraient plus craintifs; je conjecture de là que je suis sur une île déserte.

Il se confirma dans cette opinion, lorsque, arrivé au sommet de la colline et monté sur un arbre, il eut contemplé le pays. Il se trouvait dans une île de médiocre étendue, de forme étroite et alongée, et dont il ne pouvait apercevoir l'extrémité la plus lointaine. Se reliait-elle par là à quelque continent? c'est ce qu'il ne pouvait décider. Il était tenté de le penser en voyant dans cette direction comme une longue bande grisâtre qui lui semblait être la côte d'un grand pays. Il l'examina avec attention et il lui sembla qu'elle demeurait invariable et immobile à l'horizon; ce ne pouvait donc pas être un nuage.

— Tout va bien, se dit-il; au pis aller on peut construire une embarcation pour aborder à cette côte. Avant tout, il faut voir si je puis arriver au brick pour y prendre des outils, hache, scie et clous, et pour y administrer une solide correction à ce petit brigand qui a voulu me noyer. Malheur à toi, massa Edouard, si tu tombes encore une fois dans mes mains !

Toby descendit alors de son arbre et suivant la pente de la colline dans la direction qu'il croyait être celle du navire, il atteignit bientôt le rivage et vit s'étendre devant lui une sombre ligne de rochers qui communiquaient, sans nul doute, avec ceux où le vaisseau s'était échoué et qui, prolongés en arc de cercle, semblaient se rattacher plus loin à son île. Le brick était sûrement là derrière; mais comment y arriver? Franchir de nouveau à la nage le bras de mer qui le séparait des récifs, puis revenir à l'île de la même manière lui sembla, malgré son courage, une entreprise impossible. Passe encore tant que la mer serait calme, mais qu'il survînt une tempête, ou qu'un obstacle quelconque se présentât, que deviendrait-il ? Ne risquerait-il pas d'être emporté bien loin de ce fortuné rivage? Après un moment de réflexion, il résolut de renoncer à ce projet et d'aller à la découverte du côté où le banc de rochers semblait se relier à son île. Il marcha longtemps ainsi sur le sable, faisant souvent de longs circuits à cause des golfes que formait la mer en s'avançant dans les terres, mais ne se laissant pas décourager et convaincu qu'il finirait par atteindre son but.

Au reste, le chemin qu'il suivait était d'une beauté ravissante. C'était une succession de bois, de prairies, de bosquets de cocotiers et d'autres arbres chargés de fruits, et le paysage était animé par une foule de créatures vivantes. Il y avait

surtout beaucoup d'oiseaux , au nombre
desquels se trouvaient de grands perro-
quets au plumage éclatant, des flamants,
des spatules, cheminant gravement sur
le sable ou paisiblement assis sur les rochers, et, dans le bois, des pintades et
autres gallinacés qui remplissaient l'air
de leurs cris. Il vit aussi des singes qui
sautaient agilement d'arbre en arbre et
de branche en branche. Là , au fond
d'une prairie entourée d'arbres, était une
petite troupe d'antilopes et de gazelles
qui s'enfuirent à son aspect , et , sur le
sable tiède, de grandes tortues semblaient
dormir au soleil. Les poissons ne man-
quaient pas non plus. En s'approchant
de l'eau, Toby les voyait frétiller en trou-
pes nombreuses, en sorte qu'il n'avait
pas la moindre inquiétude sur les moyens
de vivre dans cette île, dût-il y passer
le reste de ses jours. Prendre les oiseaux
au lacet et guetter les tortues, cela ne
l'embarrassait point, non plus que de
pêcher à la ligne. D'ailleurs il y avait à

bord des fusils et de la poudre en quantité, et pourvu qu'il pût parvenir jusqu'au brick, il était parfaitement tranquille. La question était de savoir si et
comment il y parviendrait. Il lui semblait bien que les récifs venaient toucher
à l'île ; mais il fallait avant tout s'en assurer.

Il continua sa marche le long du rivage ;
mais les continuels détours qu'il était
obligé de faire lui prenaient beaucoup
de temps. Le soir venu, il se trouva sur
un promontoire d'où il put encore apercevoir la colline qu'il avait quittée depuis
plusieurs heures. Cette vue le fit sou-
pirer, car il reconnut qu'il avait à peine
parcouru un demi-mille à vol d'oiseau.
Comme la nuit approchait, il dut remettre
son entreprise au lendemain. Fatigué comme il l'était, il se chercha une bonne petite place où il pût dormir tranquille. Il
n'eut pas de peine à la trouver : c'était,
au pied d'un arbre aux rameaux touffus,
un tendre lit de mousse. Il s'y étendit

avec délices et, au bout de quelques minutes, il était profondément endormi.

Le premier rayon de soleil qui perça à travers le feuillage éveilla notre dormeur. Il fut bientôt debout et en marche. De temps en temps, il ramassait une noix de coco ou cueillait un fruit sur un arbre pour apaiser sa faim. Puis il allait, il allait toujours, se croyant toujours au moment d'atteindre son but, jusqu'à ce qu'enfin il s'aperçut qu'il s'était égaré dans une épaisse forêt. Un peu troublé par cette découverte, il monta sur un arbre pour reconnaître son chemin et ce ne fut pas sans un vif désappointement qu'il vit se dresser devant lui cette malheureuse colline qu'il avait quittée la veille, et autour de laquelle il avait tourné, en sorte qu'il se retrouvait à peu près à son point de départ.

Il était trop tard ce jour-là pour réparer sa faute, car le soleil était près de se coucher; mais il se proposa le lendemain de faire plus d'attention à son chemin. Il

dormit d'aussi bon cœur que la nuit
précédente, et fut réveillé à l'aube par
le chant des oiseaux. Il se leva, déjeuna
de bon appétit, et chercha à s'orienter.
Il remarqua vers quel point de l'horizon
la chaîne de rochers semblait se rattacher à l'île, et au lieu de suivre le bord
de la mer, il résolut d'y aller en droite
ligne. A l'aide du soleil, dont il savait
assez bien calculer la course, il espérait
atteindre le point proposé, sans s'engager
dans les tours et détours de la veille.
Plein de confiance, il établit de nouveau
son plan de route, passa le ruisseau et
s'engagea résolûment dans la forêt. De
temps en temps il s'arrêtait pour interroger la position du soleil et s'assurer qu'il
était dans la bonne direction, puis il pour-
suivait son chemin. Les arbres lui don-
naient leur ombre pour le préserver des
rayons de l'astre du jour, et leurs fruits
pour le nourrir ; quant à l'eau de source,
elle abondait sur sa route. Il prenait de
temps en temps quelques moments de

repos pour ne pas épuiser ses forces. Enfin, vers midi, il arriva sur la lisière de
la forêt et il se trouva précisément en
face du point qu'il cherchait avec tant de
peine. Devant lui s'étendait comme une
muraille de rochers, coupés et déchique-
tés, mais accessibles pourtant. C'était le
moment du reflux et Toby pouvait y arriver à pied sec. Il ne prit que le temps
de bourrer ses poches de provisions de
bouche et commença sa course pénible,
sinon périlleuse, le long de la chaîne des
récifs.

Ce n'étaient plus les doux ombrages et
les chemins gazonnés de la forêt. La surface des rochers était inégale et rabo-
teuse, et le soleil dardait d'aplomb sur la
tête nue du Malais. Néanmoins notre
voyageur était joyeux, car il ne doutait
pas un instant que ce chemin ne le me-
nât au navire échoué. Il gravissait cou-
rageusement ces masses déchirées et cre-
vassées, sautait hardiment par-dessus
des fentes de plusieurs pieds d'ouverture,

et marchait toujours en avant, sans se laisser effrayer par les vagues mugissantes, avec une persévérance que rien ne pouvait lasser. Pourtant, le jour était sur son déclin, et Toby n'avait pas encore découvert la moindre trace du brick naufragé. Enfin il pousse un cri de joie : il venait d'apercevoir au-dessus des rochers les plus voisins l'extrémité tronquée du grand mât. Il était heureux de voir qu'il ne s'était pas trompé dans ses conjectures. En deux sauts, il atteignit le dernier sommet de la crête d'où sa vue plongeait sur le pont du brick. Il espérait y voir Edouard ; mais tout y était désert et silencieux. La cabine était ouverte, mais nul être vivant ne se montrait.

« Il sera descendu dans la chambre aux provisions, » se dit Toby un peu troublé ; et il voulut essayer lui-même de descendre sur le pont ; mais du point où il se trouvait, cela n'était pas possible. Il chercha donc un endroit plus propice à son dessein, et il venait à peine d'y poser le pied, qu'il entendit les gémissements d'Edouard.

Il s'avança vers le point d'où ils partaient et aperçut alors le radeau que les récifs lui avaient caché jusque-là. Nous avons dit son étonnement et son trouble quand il vit Edouard si pâle et si exténué, comment il sentit à cette vue s'évanouir son désir de vengeance, comment il vola à son secours, parvint à le hisser à bord du navire, et là le soigna avec la tendre sollicitude d'un frère. La suite de cette histoire nous apprendra ce que devinrent ces deux enfants. Reprenons notre récit où nous l'avons laissé.

CHAPITRE VII.

Une rencontre inattendue.

Toby fut le premier levé. Il jeta un regard sur son compagnon qui dormait paisiblement.

— Tout est pour le mieux, se dit-il ; dans ce que nous avons encore à faire, son aide peut m'être très-utile.

Il plaça du vin et du biscuit sur une petite table près de la couche d'Edouard et à la portée de sa main, et se rendit sur le pont pour examiner le radeau. Il avait remarqué, la veille, pendant sa course sur les rochers, une fente plus grande que

les autres, qui allait en s'élargissant par
le bas, et qui pouvait servir de passage
à travers les récifs. Il voulut voir si le
radeau pourrait y passer, ce qui eût permis à nos deux naufragés de transporter dans l'île, sans beaucoup de peine,
les provisions du navire. Privés de ce
moyen, un tel transport par le chemin
qu'il avait parcouru était à peu près impossible.

L'ouverture remarquée par Toby était
d'ailleurs à une petite distance, et la longueur de la corde qui retenait le radeau
suffirait amplement à l'atteindre. Toby
n'hésita pas. Il ramena à lui l'embarcation, assujétit solidement la corde au
mât du brick, se munit d'une planche en
guise de rame, et, sautant lestement sur
le fragile appareil, il atteignit en un
instant l'ouverture des rochers et vit, à sa
grande joie, qu'elle était assez large pour
laisser passer un radeau deux fois plus
considérable. Il remarqua, de plus, qu'en
cet endroit, le bras de mer qui le séparait

de l'île était notablement rétréci par une langue de terre qui s'avançait de ce côté.

— Mais que c'est donc heureux, se disait-il, qu'Edouard m'ait jeté dans la mer ! Que cela ne fût pas arrivé, je n'aurais découvert ni cette île ni ce passage, et nous serions morts tous deux misérablement. Maly a raison : Dieu conduit si bien les choses, qu'il tire même le bien du mal. Qu'Edouard va être surpris quand je lui raconterai ma découverte !

Toby mesura la distance et il trouva qu'il y avait environ deux cents pas du navire à l'entrée du passage et, à vue de pays, cinq cents de ce point au littoral de l'île. Alors il attacha sa corde à une saillie du rocher, revint au vaisseau, en faisant glisser son radeau le long du câble sur lequel il s'appuyait, y prit une nouvelle corde de longueur suffisante, retourna au passage, et, après avoir attaché sa nouvelle corde à l'extrémité de l'ancienne, il navigua vers la langue de terre qu'il atteignit sans encombre. Là, ayant lié le cordage autour du tronc d'un cocotier, il eut ainsi un câble communiquant sans interruption de l'île au vaisseau, à l'aide duquel il pourrait, en dépit du vent, sans voile ni rames, faire cheminer son radeau par le seul secours de ses mains.

« Partie gagnée, » se dit-il alors, en se frottant les mains de plaisir. « Edouard va-t-il ouvrir de grands yeux quand il verra mon travail ! »

Impatient de faire part de ses découvertes à son compagnon d'infortune, il se hâta de retourner au brick. En dix minutes, le trajet fut accompli, et notre homme était à bord. Edouard, qui venait de s'éveiller, le vit, non sans quelque crainte, s'approcher de lui. Il se demandait s'il serait aujourd'hui à son égard ce qu'il avait été la veille. Mais son doute fut bientôt dissipé par l'air de bonne humeur de Toby, qui dit à son compagnon en lui souhaitant gaiement le bonjour :

— As-tu bien déjeuné?

Edouard fit un signe affirmatif.

— Bon; alors viens et suis-moi dans mon île. Allons, dépêchons-nous!

Bien que Toby n'eût point l'intention de prendre avec son compagnon un ton impérieux, son impatience de lui montrer ses œuvres donnait à sa voix quelque chose de bref et de délibéré qui ne laissa pas que d'effaroucher un peu Edouard. Il oublia que Toby n'était plus son esclave. Le mauvais esprit d'autrefois le saisit de nouveau et il répondit d'un ton rogue : — Tu n'as rien à me commander ! Je ne veux pas m'en aller ! laisse-moi !

— Fou que tu es, lui dit Toby en riant, tu oublies donc encore que nous sommes seuls ici, séparés du reste du monde, et que de nous deux, le maître c'est le plus fort et le plus adroit. Ne va pas m'irriter de nouveau, car je ne te veux pas de mal et tout ira bien pour toi si tu m'es soumis. Mais n'essaie pas de te révolter encore et ne m'échauffe

pas le sang, car tu me ferais souvenir
alors des mauvais jours de mon escla-
vage. Allons, suis-moi! Tu verras quelque chose qui te fera plaisir, et que cela
te plaise ou non, il faudra bien travailler
ensuite. En marche donc, et vois de te
conduire envers moi autrement que tu
ne l'as fait il y a trois jours. Je pourrais
bien ne pas oublier si facilement une seconde tentative de ce genre.

Edouard ne bougea pas de place et
détourna la tête avec un mouvement de
colère. Son cœur orgueilleux refusait
d'obéir à celui à qui il avait si longtemps
commandé. Ses bonnes résolutions avaient
disparu en grande partie avec sa faiblesse et sa peur. Dès qu'il s'était senti
fortifié par la nourriture et le sommeil,
il avait repris sinon ses sentiments de
haine et de vengeance, au moins une
répugnance profonde à se soumettre à
son esclave d'autrefois. Convenons qu'il
n'y avait rien là que de naturel. Nos dis-
positions morales varient avec l'état de

notre corps. Edouard sauvé du danger qu'il avait couru, restauré et ranimé, se sentait porté à reprendre son autorité sur son esclave. Quoique seul avec Toby, il lui semblait que les rôles ne devaient point changer et que son rôle à lui était non d'obéir, mais de commander. Malheureusement pour lui, Toby pensait autrement, et comme il était le plus fort des deux, il entendait être le maître. Plus malheureusement encore, cette soif de vengeance qui avait un moment fait place à la compassion, lorsqu'il avait vu son compagnon si faible et si exténué, pouvait se réveiller à la plus légère occasion. Or cette occasion fut fournie par l'obstination d'Edouard, et le cœur du Malais ressentit de nouveau les ardentes passions de sa fougueuse nature.

Quand il vit que son compagnon demeurait immobile malgré son ordre, ses yeux s'allumèrent, et, s'approchant rapidement de lui :

— Debout! lui dit-il avec impatience.

Ne me résiste pas, ou je te fouette comme tu m'as fouetté si souvent.

— Ose-le! reprit Edouard. Je fais ce que je veux, et tu dois faire aussi ma volonté. Je suis ton maître.

Un sourire amer effleura les lèvres de Toby, qui saisit un cordage et frappa sans miséricorde son indocile compagnon. Edouard cria de douleur et de rage. Un moment il sembla dompté par l'audace de ce procédé monstrueux : un esclave levant sa main sur lui, son maître ! Mais, revenant à lui, il sauta sur Toby pour le châtier à sa manière. Mal lui en prit. Toby n'attendit pas le second coup ; il saisit Edouard, le jeta par terre et, appuyant son pied sur le cou de l'enfant terrassé, il le frappa de son fouet encore plus violemment, en lui disant avec un rire plein d'amertume :

— Comprends-tu maintenant, vilain crapaud, que Toby est ton maître ? Peut-être, si tu avais été soumis, t'aurais-je épargné, quelque châtiment que tu eus-

ses mérité pour ta conduite passée ; mais
puisque tu prétends encore me commander, je veux te montrer comment un
pauvre esclave en agit envers un cruel
massa ; je veux que tu souffres ce que
tu m'as fait souffrir si longtemps. A moi
d'être le maître, à toi d'être mon esclave,
et tu verras, méchant fripon, que le
brun Malais n'est pas moins impitoyable et moins cruel que ne l'a été le blanc
massa. Allons ! qu'on descende de suite
sur le radeau !

Cet ordre était donné d'une voix si
menaçante qu'Edouard, maté par la rude
correction qu'il venait de recevoir, n'osa
plus résister. Il sortit, hurlant et chancelant, de la cabine.

— Cesse de hurler, chien ! dit Toby en
accompagnant ses paroles d'un coup
de pied, comme Edouard en avait usé si
souvent avec lui.

La douleur arracha un nouveau cri à
l'enfant; mais ce fut le dernier, et, non
sans effort, il refoula ses gémissements.

— Saute sur le radeau, commanda de nouveau Toby.

— Je ne le puis, aie pitié de moi, dit Edouard en suppliant.

— Tu ne le peux? attends ; je vais t'apprendre à sauter. — Et, le saisissant par les cheveux, il le jeta sur le radeau avec aussi peu de cérémonie que s'il eût été un chien. Edouard tomba rudement sur les planches et se blessa au front. Mais Toby était sans pitié. Combien de fois n'avait-il pas été frappé jusqu'au sang, lui et Maly, pour le plus léger motif ou même sans aucune raison?

— Attention! lui dit-il ; je vais maintenant te faire passer tout ce qui doit être emporté. Tu mettras ces objets en ordre sur le radeau, et vois de n'en point laisser tomber à la mer. Que ce soit volontairement ou non, tu seras châtié.

Edouard n'osa pas résister. Il rangea de son mieux les objets que Toby faisait descendre sur le radeau, mais il ne put empêcher que quelques-uns d'entre eux, échappés de ses mains tremblantes, ne tombassent dans l'eau, ou que d'autres, trop lourds pour qu'il pût les manier, ne demeurassent à l'endroit où Toby les avait jetés. En vain celui-ci lui criait-il de placer là ce paquet et ici cette caisse, il ne pouvait, malgré ses efforts, parvenir à les remuer. La sueur coulait de son front et ses doigts délicats, peu accoutumés au travail, se meurtrissaient au contact de ces objets grossiers; mais il y perdait sa peine. Toby voyait là de la mauvaise volonté et, descendant en colère sur le radeau :

— Tu n'es qu'un méchant paresseux, lui disait-il en lui appliquant quelques coups de garcette, et je veux t'apprendre à te servir de tes membres. Allons! au travail, et ferme!

En vain Edouard, les yeux en larmes, suppliait son compagnon de l'épargner; en vain embrassait-il ses genoux; à toutes ses prières, Toby n'avait qu'une réponse : « Gare la garcette! »

Ah ! combien de fois Edouard n'avait-il pas été, lui aussi, cruel et impitoyable envers son esclave ! Toby l'était maintenant envers lui, et la vengeance fermait son cœur à toute commisération.

— Il faut que tu saches, lui disait-il durement, ce que c'est que d'être esclave ! Tu vois que je sais faire, moi aussi, le jeune massa. Tu dois souffrir tout ce que Maly et moi nous avons souffert. Prends-moi ces caisses, et un peu vite !

Il fallait obéir. Le malheureux enfant tendit ses muscles jusqu'à les briser, et il réussit enfin à mouvoir ces pesants objets. Ses mains saignaient et tous ses membres étaient endoloris. Mais Toby n'y faisait nulle attention. Edouard s'était-il jamais inquiété des souffrances de ses esclaves ?

— Tu vois, lui dit-il, que c'était de la paresse toute pure, et que tu peux très-bien remuer ces caisses. N'essaie plus de me donner le change, ou tu t'en repentiras. Continue ce travail.

5

Edouard obéit en pleurant amèrement. Il souffrait beaucoup et la mort lui paraissait préférable à sa misérable condition. Et pourtant c'était là le sort qu'il faisait naguère à ses esclaves. Il n'avait pas le droit de se plaindre, ni la consolation de se dire qu'il souffrait injustement. Tout ce qu'il souffrait, il l'avait fait souffrir à d'autres : ce n'était qu'un châtiment trop mérité.

Quand le radeau eut reçu toute sa charge, tellement qu'il menaçait de s'enfoncer, Toby sauta lestement sur ses caisses, où il s'assit, et, se croisant les bras, il donna ordre à Edouard de faire mouvoir l'embarcation.

Nouvelle souffrance pour celui-ci. Ce n'était pas petite affaire que de faire avancer le radeau si pesamment chargé ; il fallait appuyer sur la corde de toutes ses forces ; mais la crainte de la redoutable garcette, que Toby avait toujours en mains, doubla la vigueur d'Edouard. Toby ne se dérangea pour lui aider que lors-

qu'il fallut traverser l'étroit passage. Cet
espace franchi , il laissa Edouard s'en
tirer tout seul , ce qu'il ne fit pas sans
une extrême fatigue. Enfin on arriva et
il ne resta plus qu'à déposer à terre la
charge du radeau. Après un court moment de repos accordé par Toby à son
esclave blanc, Edouard dut porter à terre
un à un tous les objets entassés sur l'embarcation et Toby ne lui vint en aide
que pour décharger les caisses les plus
lourdes. Puis il fallut retourner au vaisseau.

Trois fois dans cette journée Edouard
dut charger , conduire et décharger le
radeau. Après le dernier voyage, il se
laissa tomber sur le sable, à demi mort.
Toby lui jeta un morceau de biscuit et
lui donna à boire quelques gorgées de
vin, ce qui le remit un peu ; puis, comme
le soleil allait se coucher, Toby donna
l'ordre de se remettre en route.

Il fit monter Edouard sur le brick.
— Tu resteras ici jusqu'à demain , lui

dit-il. A terre tu pourrais m'échapper ou me jouer quelque mauvais tour ; ici tu es en sûreté comme dans une solide prison. Bonne nuit !

Et, remontant sur le radeau, il laissa son compagnon qui, pleurant et humilié, se retira dans sa cabine. Là il se jeta sur le divan et, couvrant son visage de ses mains (ses pauvres mains meurtries et saignantes), il s'abandonna à toute sa douleur. Comme il se sentait malheureux, lui dont la vie n'avait été jusqu'alors qu'une série continue de douceurs et de jouissances ! Que de souffrances et d'humiliations en quelques jours ! et quel sombre avenir se déroulait devant lui ! Ah ! sans doute, il aurait fui s'il l'avait pu, car tout lui semblait préférable à son horrible situation et il voyait bien que toute pitié s'était éteinte au cœur de son tyran. Ce qu'il souffrait, il reconnaissait bien ne l'avoir que trop mérité ; mais loin de le consoler, cette pensée ne faisait qu'ajouter à ses souf-

frances en lui faisant sentir l'aiguillon
poignant du remords. Il priait Dieu, en
se tordant les mains, de le retirer de ce
monde plutôt que de le laisser exposé plus
longtemps à la cruauté de ce vindicatif
Malais, car il ne s'offrait à son esprit aucun
moyen d'adoucir son sort. Résister à Toby?
Il n'en avait plus le courage. Fuir ? mais
comment s'échapper? Il ne pouvait quitter le navire. Il nageait fort mal et, pendant le jour, Toby ne le perdait pas de
vue. Peut-être si, plus tard, une tempête
emportait les débris du vaisseau, sa prison détruite, pourrait-il s'échapper; mais
jusque-là il fallait souffrir ; et comment
en aurait-il la force? Ah ! qu'il se pro-
mettait, si Dieu daignait le ramener dans
son pays, d'en user humainement avec
ses esclaves ! Il prenait devant Dieu l'en-
gagement de ne plus les faire souffrir en
les frappant, en les enfermant, en leur
brûlant la peau, en les fouettant jusqu'au
sang. Il serait bon et humain, car il savait maintenant par expérience combien

il est dur de souffrir , d'obéir à un maître impitoyable et de servir de jouet
à ses caprices. Que Dieu voulût le sauver
des mains de ce Toby détesté et il serait
tout autre. Nul, pas même le plus pauvre esclave , n'aurait à se plaindre de
lui ; il voulait être bon et compatissant
autant qu'il avait été jusqu'alors dur et
impitoyable.

En roulant ses pensées dans sa tête,
Edouard s'endormit enfin. Il se réveilla
au matin pour une journée de fatigue et
de souffrance. Toby ne lui fit pas grâce.
Il semblait avoir résolu d'user en tout de
représailles envers son ancien maître.
Chaque fois qu'il lui arrivait de châtier
Edouard, il ne manquait pas de lui dire :
«Souviens-toi, mauvais garçon, qu'en telle
circonstance tu nous as traités de même,
Maly et moi. » Alors Edouard soupirait ,
serrait les dents et comprimait les larmes qui s'échappaient malgré lui de ses
yeux. Mais il n'implorait plus la pitié de
Toby, parce qu'il savait bien qu'il n'y

avait aucun droit et que ce serait d'ailleurs inutile.

Il travaillait donc du matin au soir comme une bête de somme sous les coups et les injures, et il finit par tomber dans une sorte d'indifférence. Il se disait que, faible et exténué comme il l'était, cet état de choses ne pouvait pas durer bien longtemps et que la fin ne se ferait pas attendre.

Le cinquième jour, soit faiblesse soit inattention, il laissa tomber, en la portant à terre, une caisse pleine de bouteilles de vin qui se brisèrent naturellement. Toby, en colère, se précipita sur lui, le renversa et se préparait à lui administrer une forte correction, quand il sentit son bras saisi par une main étrangère, et il entendit une voix amie qui lui disait : « Pourquoi toi frapper jeune massa ? Toi devoir pas faire cela ; moi pas vouloir ! »

———

CHAPITRE VIII.

Le juste se réjouira quand il aura
vu cette vengeance. (Ps. LVIII , 11.)

— Maly ! s'écria Toby ravi de joie.
Maly ! répéta-t-il en pleurant et riant
tout ensemble. Maly , mon cher Maly !...
Et, jetant loin de lui le fouet dont il allait
frapper Edouard, il se précipita dans les
bras du jeune nègre qui, comme tombé du
ciel, se trouvait si inopinément devant
lui. — Maly, mon ami, mon frère, est-il
bien vrai que tu te sois sauvé ! Oh ! comme mon cœur bat de joie en te revoyant !
Cher Maly ! comme j'étais triste en pen-

sant que tu avais peut-être péri dans
les flots !

— Dieu avoir gardé Maly et avoir porté
lui à terre, répondit le nègre en rendant
à Toby ses tendres caresses. Moi te raconter cela plus tard. Moi demander à
toi maintenant pourquoi toi frapper jeune
massa ? Pourquoi jeune massa être si misérable ? Pourquoi lui pleurer et se tenir
à l'écart, et pas se réjouir de revoir Maly ?

— Bah ! il a bien raison de pleurer et
de trembler. Il n'avait qu'un seul maître :
à présent que tu es là, il en aura deux.
Réjouis-toi, Maly, le temps des représailles est arrivé, et c'est maintenant
notre tour. Coup pour coup, injure pour
injure. A nous maintenant de lui mettre
le pied sur la gorge et de tenir son visage dans la poussière. Réjouis-toi, bon
Maly !

Maly ne se réjouit pas. Un rayon de
compassion céleste brilla dans son regard,
qu'il dirigea presque avec tendresse vers
ce pauvre jeune massa si humilié.

Edouard, qui s'était levé à l'apparition de Maly, pleurait le visage dans les mains, appuyé contre le tronc d'un palmier. Le malheureux ! les plus tristes pensées remplissaient son cœur tremblant et désolé. C'est bien maintenant que tout espoir de voir son sort s'améliorer était perdu. Que pouvait-il attendre de Maly ? N'avait-il pas été pour lui aussi cruel que pour son camarade ? Avait-il le droit d'espérer qu'il en serait mieux traité ? Pauvre Edouard ! son cœur se brisait à la pensée de cette aggravation de son sort. Déjà si opprimé sous un seul tyran, qu'allait-il devenir maintenant qu'il en aurait deux ? C'est bien à présent qu'il devrait demander à Dieu le repos de la tombe !

Ah ! si le malheureux enfant avait su quels étaient, en cet instant, les sentiments de Maly à son égard, que ses pensées eussent été différentes !

Maly, se tournant vers Toby : — O mon frère, lui dit-il, toi faire mal de tirer vengeance de malheureux massa. Maly faire pas cela : Maly vouloir prier pour pauvre massa. Lui être seul et sans appui près de nous. Maly avoir grande compassion de lui.

— De la compassion ! dit Toby avec étonnement. Mais as-tu donc oublié, Maly, combien jeune massa nous a tourmentés ? As-tu oublié que tu étais son cheval, qu'il brûlait ta peau noire avec de la poudre, la piquait avec des aiguilles et riait ensuite de tes souffrances ? Toby n'a rien oublié ; Toby veut se venger et rafraîchir son cœur brûlant dans les souffrances de massa, qui l'appelait chien et le frappait comme un chien !

Maly posa sa main noire sur les brunes épaules du bouillant Malais et reprit doucement : — Maly aimer beaucoup toi, Toby ; toi, savoir cela, mais Maly n'aimer plus toi, si toi n'aimer pas jeune massa. Bons missionnaires dire nous devoir aimer nos ennemis, et massa Edouard n'être pas un ennemi, mais un pauvre garçon sans soutien. Maly vouloir aider lui et ainsi Dieu aider Maly !

— Mais la vengeance, Maly, dit Toby avec un regard sombre, la vengeance est si douce !

— Pardonner être encore plus doux, ainsi dire bons missionnaires. Jeune Massa être faible, toi fort. Quel plaisir toi trouver à battre le faible ? Lui, si misérable ! Bons missionnaires dire : « Si un malheureux crier à Dieu, Dieu exaucer et venger lui. » Massa Edouard crier, et Dieu punir toi, Toby. Bon Dieu a dit : « A moi la vengeance, moi devoir l'exercer. » Toi voir cela bien clairement, Toby. Jeune massa frapper nous ; faire de nous des chevaux et tourmenter nous. Puis nous monter sur le vaisseau, puis Dieu envoyer grosse tempête et grand naufrage. Maintenant, massa être pauvre, sans appui, misérable. Toi ne pas voir là la main de Dieu vengeur ? Toby et Maly sauvés du naufrage et tous deux libres ; toi ne pas voir là la main de Dieu secourable ? Toi vouloir te venger de jeune massa ? Cela être de l'ingratitude envers Dieu. Toi être ingrat, si toi faire du mal à jeune massa, et Dieu devoir punir Toby. Toi penser à cela.

— Mais, dit Toby, tu ne sais pas qu'il a voulu me faire mourir par trahison !

Alors il raconta à son camarade les événements des derniers jours. Maly écouta attentivement et, dit : — Tout cela venir de Dieu. Parce que toi méchant pour massa, Dieu vouloir punir toi, et toi jeté à la mer. Mais Dieu vouloir sauver toi et conduire toi dans cette île où toi trouver Maly. Si toi pas jeté dans la mer, toi avoir pas découvert l'île et être mort misérablement sur le vaisseau. Dieu avoir tiré le bien du mal, et toi devoir être bon pour tous.

Toby garda le silence. Il avait déjà reconnu par-devers lui que la mauvaise action d'Edouard avait été la cause de leur délivrance, et les exhortations de Maly eurent d'autant plus de prise sur son cœur. Maly s'en aperçut et poursuivit avec un redoublement de zèle son but, qui était de réconcilier Toby avec Edouard.

— Toi regarder jeune massa, dit-il. Hé quoi ! lui être pas assez misérable et puni ? Toi vouloir punir lui encore davantage ? Non Toby, toi être bon, toi aller vers jeune massa et donner à lui la main. Toi oublier et pardonner, et lui aussi, et alors tous les trois être bons amis. Aucun être maître, aucun esclave, tous trois être frères. Dieu alors pardonner toutes nos fautes et ramener nous avec les hommes. Mais si nous pas bons, Dieu pas bon pour nous, Dieu punir nous et nous périr misérablement. Allons, Toby, toi venir avec moi près de jeune massa.

Toby hésitait encore. Au fond, il n'était pas cruel ; nous l'avons vu porter secours à Edouard, et si celui-ci y eût mis un peu de bonne volonté, le Malais l'eût probablement épargné. Mais par sa résistance hautaine, le jeune maître avait renouvelé dans le cœur de son ancien esclave les souvenirs d'un passé qu'il eût dû faire oublier, et avec eux s'étaient réveillés chez Maly des désirs de vengeance trop conformes à ses instincts naturels. Maintenant les douces paroles de Maly faisaient naître en lui de meilleurs sentiments, et il y eût cédé sans hésitation si un reste de méfiance ne l'eût retenu.

— Qui sait, dit-il, s'il est prudent d'aller ainsi au-devant de lui? si nous le traitons comme un frère, n'ira-t-il pas croire qu'il est encore notre maître?

— Non, dit Maly en souriant. Cela n'être pas à craindre. Nous être deux contre lui, comment lui commander à nous? Lui être content si nous être bons pour lui comme des frères et ne vouloir pas se venger. Nous aller demander cela à lui.

— Oh! je sais bien qu'il acceptera le marché, fit Toby; mais sera-ce sincèrement? Je ne le crois pas. Il nous haïra

toujours et nous jouera tous les mauvais tours qu'il pourra. Non, Maly, tu es
trop bon.

— Jamais être trop bon, répondit
Maly avec sérieux. Toi craindre de mauvais tours ? Non ; jeune massa être sous
nos yeux ; d'ailleurs, lui comprendre cela
être mauvais pour lui. Non, jeune massa
pas méchant et bien malheureux ! Lui
n'avoir plus ni richesse, ni père ni mère,
plus rien que son pauvre corps ! Lui être
bien joyeux quand nous donner la main
à lui comme frères !

—- Soit, je ferai cela pour l'amour de
toi, dit Toby enfin vaincu par la céleste
douceur du bon nègre. Mais fais bien
attention qu'il faudra qu'il travaille comme
nous et qu'il fasse bravement son ouvrage quel qu'il soit ; autrement il se
figurerait bientôt qu'il est notre maître
et non plus notre frère.

— Oui, reprit Maly, lui devoir travailler selon ses forces. Mais vois, Toby, lui
être si faible ! Lui devoir se reposer deux

ou trois jours, ensuite se mettre au travail. Maintenant toi donner à lui la main
de réconciliation.

Toby n'hésita plus, et Maly l'embrassa
tendrement. Tous deux s'approchèrent
alors d'Edouard qui, toujours appuyé
contre son palmier, pleurait plus amèrement que jamais. Quand il entendit le
bruit des pas des deux amis, il devint
pâle d'effroi, et se disposa à fuir, pensant
que Maly venait pour se venger à son tour.

— Edouard, lui cria Maly d'une voix
pleine de douceur, toi demeurer ; Maly
vouloir parler à toi.

— Oui, tu veux te venger aussi de
tout le mal que je t'ai fait, dit Edouard
en sanglotant. Eh bien ! venge-toi comme
Toby, je ne puis l'empêcher ; mais je
mourrai bientôt.

— Pauvre Edouard, reprit Maly, pourquoi toi craindre nous? Maly ne vouloir
pas faire du mal à toi, ni Toby non plus.
Nous vouloir aimer toi comme des frères.
Nous aimer ainsi tous les trois et oublier

complétement 'le passé, voilà la vengeance de Maly !

Le malheureux Edouard, si humilié et si désespéré, crut entendre une voix du ciel. C'était pour lui comme le chant des anges et son cœur s'ouvrit aux douces émotions de la joie, comme, au tendre souffle de printemps, s'ouvre doucement le calice des fleurs que le froid de l'hiver avait resserré. Il jeta sur ses deux compagnons un coup d'œil craintif et troublé; mais quand il rencontra le regard si bon, si ouvert du brave Maly, dans lequel rayonnait comme une joie céleste, et quand il vit le visage de Toby lui-même, naguère si sombre et si menaçant, éclairé par un doux et paisible sourire, à l'aspect de ces mains amies qui se tendaient loyalement vers lui, son cœur se fondit dans un mélange de ravissement et de regrets, et, levant ses yeux et ses mains vers le ciel en signe de reconnaissance, il se jeta à deux genoux aux pieds de ces enfants qu'il avait si longtemps et si cruellement tourmentés, et deux ruisseaux de larmes, larmes douces et rafraîchissantes, coulèrent de ses yeux vers la terre.

— Oh! mon Dieu, leur dit-il d'une voix entrecoupée, je n'ai point mérité que vous agissiez si généreusement envers moi. Ah! supportez-moi seulement et pardonnez-moi, je m'efforcerai de gagner votre amitié. Hé quoi! je vous ai fait tant de mal, et vous me voulez du bien! Qui eût jamais cru à ce miracle d'amour?

— Pourquoi pleurer, massa? dit Maly avec attendrissement; et se jetant lui aussi à genoux à côté d'Edouard il pressait sa tête contre son cœur. Toby et Maly pas méchants et vouloir rendre le bien pour le mal! Toi ne pas savoir auparavant combien cela faire souffrir d'être frappé et d'avoir la peau brûlée par la poudre. Maintenant toi le savoir et ne vouloir plus le faire! Tout être pour le mieux!

Edouard, comme suffoqué de larmes, embrassa Maly avec tant de tendresse que le bon nègre se mit à pleurer aussi et que même dans l'œil de Toby on vit perler une larme.

— Oh! jamais, jamais plus je ne ferai souffrir personne, s'écria Edouard; je sais maintenant ce que c'est que de souffrir. Toby a été bien dur pour moi; mais je le méritais et je sentais bien que je n'avais pas le droit de me plaindre, bien que je désirasse la mort. Plus d'une fois je me suis amèrement repenti du mal que je vous ai fait; et ce repentir, je ne l'oublierai jamais. Si nous retournons à Calcutta, je veux vous aimer et vous traiter comme des frères. Crois-le bien, Maly, je n'oublierai jamais ni cette heure ni ta grande bonté pour moi!

— Bien, dit Maly, mais à présent assez pleurer! Plus de raison pour pleurer! à présent rire et être content, puisque nous être ensemble comme trois frères! A présent tout aller bien!

Et relevant Edouard avec une douce violence, il le conduisit à l'ombre du bois, où il prépara avec un joyeux empressement un tendre lit de mousse à l'enfant brisé de fatigue. Toby, de son côté, prompt comme l'éclair, courut se munir de vin, de fruits et d'autres aliments fortifiants, et tous deux soignèrent à l'envi jeune massa comme ils ne l'avaient jamais fait quand il était leur maître. Edouard les laissait faire, les remerciant par un regard affectueux, un serrement de mains, une parole amicale et partie du cœur, car sa grande faiblesse ne lui permettait pas de plus longs discours. Son cœur, si rudement ébranlé par le chagrin et l'angoisse, semblait pouvoir à peine supporter cette dernière et si vive émotion, et il était quelquefois obligé de fermer ses paupières et de se laisser aller au rêve délicieux de son bonheur présent. Assis près de lui, Toby et Maly écartaient les moustiques qui auraient pu troubler son repos, échangeant entre eux quelques mots à voix basse et veillant avec un tendre soin sur le sommeil de leur ami.

— Eh bien, demanda Maly à son compagnon, toi vouloir encore être méchant pour le pauvre massa, battre et faire souffrir lui ? Hé ?

Toby secouait la tête en souriant.

— Non, disait-il, je veux lui pardonner, car je vois bien que son repentir est sincère. Mais, Maly, sera-t-il toujours ainsi ? Certainement je n'éprouve aucune haine pour lui ; mais il me sera bien difficile de l'aimer.

— Toi n'aimer pas lui ? reprit Maly avec son bon sourire ; et pourquoi toi prendre soin de lui ? toi lui chasser les moustiques ? cela être de l'amour, Toby !

— Non, dit Toby, mais seulement de la compassion.

— Soit ! autant valoir l'un que l'autre, fit Maly ; toi ne pas vouloir avouer tes vrais sentiments ; toi être meilleur que toi le penser ; pas Malais, mais bon chrétien.

Et , tendant la main à son ami, Maly l'embrassa tendrement. Ils étaient heureux l'un et l'autre , car ils venaient de pratiquer la plus belle des vertus chrétiennes. Ils avaient pardonné à leur ennemi , à celui qui les avait outragés et maltraités ; ils lui avaient fait du bien et ils l'aimaient comme un frère.

CHAPITRE IX.

L'épreuve.

Quelques jours de soins vigilants et affectueux suffirent pour rétablir Edouard. Ses joues si pâles reprirent des couleurs ; son regard éteint se ranima, et il se sentit bientôt assez fort pour mettre la main à l'œuvre et aider à compléter le déchargement du navire. On n'eut pas besoin de l'y contraindre ni même de l'y engager : il s'y mit bravement de lui-même, et Maly dut même l'inviter à ménager ses forces à peine renaissantes. Ses deux compagnons s'entendirent pour lui laisser le travail le plus facile, gardant pour eux la besogne pénible. Tout alla si bien qu'en moins d'une semaine, le vaisseau fut entièrement débarrassé de sa riche cargaison, et que tout fut mis en sûreté. La vache aussi fut transportée dans l'île, et l'on peut croire que la pauvre bête se dédommagea au milieu de ces grasses prairies et près de ces eaux courantes, de ses jeûnes précédents et de sa longue captivité.

Toby s'était d'abord contenté de porter à terre les provisions de bouche que contenait le vaisseau. Maly voulut faire davantage. Il espérait que le capitaine du brick ne tarderait pas à revenir pour s'informer du sort de son navire ; et il fondait son espérance sur ce qu'il lui avait entendu dire pendant qu'ils étaient ensemble dans la chaloupe ; en sorte qu'il désirait sauver le plus possible des objets dont le vaisseau était pourvu. Au reste l'histoire de Maly, depuis qu'il avait quitté le brick, était fort simple et

5.

fut bientôt racontée. La chaloupe avait été poussée vers la côte, et on avait pris terre pour se procurer de l'eau et quelques fruits. Maly était allé à la découverte, et lorsque, non sans peine, il eut retrouvé son chemin et l'endroit du débarquement, il eut le chagrin de voir qu'il arrivait trop tard et que la chaloupe avait repris la mer. Après avoir erré tristement pendant quelques jours, il avait enfin, à sa grande joie, découvert Edouard et Toby, et après avoir accompli son œuvre de réconciliation, il pouvait maintenant contribuer à conserver à leur légitime propriétaire, M. Western, la plus grande partie des richesses que contenait le navire. Quant aux assurances données par le capitaine, elles reposaient sur l'espoir qu'il avait lui-même de trouver un refuge dans quelqu'un des ports de la côte africaine, d'où il pourrait venir opérer le sauvetage du navire, et, cédant aux pressantes sollicitations de la mère d'Edouard, lui ramener son fils, s'il avait par hasard échappé à la mort.

Soutenus par cette perspective, nos trois amis résolurent de s'arranger en conséquence. Ils établirent une tente à peu de distance du rivage, y placèrent tous les objets précieux enlevés du vaisseau, et ils arborèrent sur le point le plus élevé de la côte un vaste pavillon, afin que le capitaine, s'il revenait dans ces parages, ne manquât pas de les apercevoir. Cela fait, ils attendirent avec patience ce qui devait arriver. Ils étaient sans inquiétude au sujet de leur nourriture. Outre les provisions que le navire leur avait fournies, ils avaient les fruits que l'île produisait avec abondance. Ils étaient assurés de n'avoir pas à souffrir de la faim.

Du reste, ils vivaient comme trois frères, et rien ne troublait l'harmonie qui régnait entre eux, si ce n'est peut-être un reste de méfiance que Toby ne pouvait surmonter entièrement. Cette méfiance était pourtant sans sujet, car Edouard était réellement devenu tout autre.

L'épreuve avait porté ses fruits. Il avait sincèrement reconnu ses fautes et pris les meilleures résolutions pour l'avenir, quel qu'il pût être. Il aimait cordialement le bon Maly, et Toby lui-même lui inspirait une bienveillance qui se fût facilement changée en une affection fraternelle, si Toby, par ses manières un peu froides et réservées, ne lui avait inspiré une certaine crainte. Il ne pouvait prendre sur lui d'avoir vis-à-vis du Malais la même expansion confiante et joyeuse qu'à l'égard de son noir camarade, toujours si bon et si doux. Plus d'une fois, un regard sévère, une parole dure adressés à Edouard par Toby valurent à celui-ci une douce réprimande de la part de son ami.

— Pourquoi toi pas oublier temps passé? demandait-il à Toby, un jour qu'il avait manqué de bonté envers Edouard.

Massa être bien changé, meilleur, bien meilleur qu'autrefois. Pourquoi mortifier lui? lui bon garçon à présent.

— A présent oui, mais le sera-t-il plus tard si le capitaine arrive et nous ramène à Calcutta? Nous le verrons bientôt reprendre ses anciennes manières. Au reste, je suis décidé à ne pas l'y suivre. Je ne veux plus être esclave : plutôt demeurer à tout jamais dans ces bois !

— Mais massa avoir dit à nous, nous ne devoir plus être esclaves, nous devoir être libres, reprit Maly. Lui donner la liberté à nous.

— Oui, il dit cela ici, parce qu'il ne peut faire autrement; mais que nous arrivions à Calcutta, il tiendra un autre langage et ne se souviendra plus qu'il nous a appelés ses frères. Je ne m'y fie pas; je ne me fie à aucun blanc ; ils sont tous trompeurs et menteurs !

— Toi mal parler. Missionnaires être des hommes blancs, et eux bons et pas menteurs. Massa Edouard être bon aussi certainement.

Toby secoua la tête et se tut. Il n'avait rien à objecter à Maly, et cependant il ne pouvait ni accepter ses charitables suppositions, ni confesser qu'il avait tort. Sans doute Edouard se conduisait avec beaucoup de douceur et semblait avoir complétement renoncé à ses airs hautains et à ses manières impérieuses ; mais qui sait, pensait Toby, si ce n'est pas simplement un masque, un masque qu'il se hâtera de déposer quand il se sentira fort devant nous et nous faibles devant lui ? Non, Toby ne s'exposerait pas à ce danger ; c'était chez lui une résolution bien arrêtée de demeurer dans l'île, si le capitaine venait, en effet, les y chercher, et il espérait que Maly prendrait aussi ce parti. Alors ils seraient libres tous deux et ne serviraient plus de chevaux au jeune massa.

Cependant les jours se succédaient et le capitaine ne paraissait pas ; de telle sorte que nos trois insulaires s'accoutumaient peu à peu à l'idée de demeurer toujours dans leur île. La carcasse du brick tenait bon encore, mais, le soleil aidant, il s'en détachait souvent quelques débris que le vent poussait sur le rivage de l'île.

— La prochaine tempête achèvera de l'emporter, dit Toby. Si nous y faisions un dernier voyage pour enlever ce qui peut y rester encore? Il me semble que le ciel nous annonce du mauvais temps.

Edouard et Maly partagèrent cet avis, et tous trois se rendirent au radeau pour exécuter leur projet. Les vagues s'enflaient, et Maly pensait aussi que cette traversée serait bien la dernière et que le lendemain il ne resterait rien du vaisseau. Cependant la tempête ne paraissait pas imminente et ils avaient le temps d'être de retour avant qu'elle éclatât. Ils abordèrent au brick, fouillèrent partout, brisèrent les armoires des cabines qu'ils n'avaient pas encore visitées et trouvèrent encore non-seulement beaucoup d'objets de prix, mais une assez forte somme d'argent qui, sans nul doute, appartenait au père d'Edouard. Le tout fut placé sur le radeau, et nos trois amis se disposèrent à quitter le brick en regrettant d'y laisser encore bien des choses qui auraient pu leur être utiles.

— Pourquoi, dit Toby, ne reviendrions-nous pas chercher tout cela? Edouard pourrait demeurer sur le brick pour rassembler tous ces objets, pendant que Maly et moi nous irons déposer ce chargement dans l'île; nous reviendrons de suite. Je ne voudrais pas abandonner la longue corde.

Cet avis fut adopté; Edouard demeura sur le brick; Toby et Maly partirent. En un quart d'heure il eut rassemblé sur le pont tous les objets de quelque valeur, et il attendit, non sans quelque inquiétude, le retour de ses amis. Le vent avait redoublé de violence et les vagues s'élevaient si haut qu'il y avait lieu de crain-

dre que la carcasse échouée ne pût longtemps supporter leur choc. Edouard était
déjà résolu à gagner les rochers pour se
rendre à terre par ce chemin. Il avait ac-
quis maintenant assez de force et d'a-
dresse pour tenter cette entreprise autrefois impossible pour lui, et d'ailleurs on
avait, en dernier lieu, placé une corde
qui communiquait du grand mât à l'une
des saillies du rocher. Au moment où
Edouard allait accomplir son projet, le
radeau apparut, débouchant avec la ra-
pidité de la flèche de l'ouverture des rochers.

— Arrière! cria Edouard en agitant
son mouchoir et joignant le geste à la
parole. La tempête est trop violente pour
que vous puissiez aborder.

Soit que Toby et Maly n'entendissent
pas, soit plutôt que la tempête ne leur
fit pas peur, ils saisirent avec plus de force
la corde tendue et continuèrent d'avancer. Ils avaient déjà franchi la moitié de
la distance qui les séparait du vaisseau,

lorsqu'une vague terrible vint saisir le radeau et, tour à tour, le soulever violemment, puis le plonger dans l'abîme. Nos amis se tinrent solidement cramponnés à la corde ; mais le choc avait été si violent que celle-ci se rompit et que le radeau fut menacé d'être emporté vers la pleine mer. Cependant le câble tenait encore au navire et les enfants pouvaient encore se sauver. Edouard suivait avec une anxiété facile à comprendre les mouvements du radeau ballotté comme un fétu et les efforts désespérés de ses amis pour se tenir à la corde et aborder le brick avec son secours.

Cela eût été facile par un temps calme; mais avec une si grosse mer, c'était presque impossible. La corde, violemment tendue, menaçait à chaque instant de se rompre. Elle tint bon, pourtant, mais le radeau fut mis en pièces, et ce ne fut pas sans terreur qu'Edouard vit ses deux compagnons suspendus sur l'abîme et

tour à tour repris ou laissés par la vague
courroucée. Il n'y avait de salut possible
pour eux que si Edouard avait assez de
force pour tirer à lui la corde et que Toby
et Maly ne la lâchassent point. Edouard
ne s'y épargna pas. Sans s'inquiéter de
ses mains à peine cicatrisées et qui de
nouveau furent bientôt en sang, il saisit
et tira à lui de toutes ses forces la corde
à laquelle ses compagnons étaient suspendus. Au bout de deux minutes il eut
la joie de voir qu'il les avait attirés jusqu'au vaisseau dont ils touchaient les
flancs. Alors assujétissant fortement la
corde vers l'avant du navire, où la violence des vagues se faisait moins sentir,
il leur en jeta une autre et les hissa
de la sorte à bord l'un après l'autre. Les
ayant ainsi sauvés de la mort, il se jeta
à leur cou en pleurant de joie. Mais il
n'y avait pas un instant à perdre. Déjà
la carcasse, violemment battue, craquait
de toute part. Elle pouvait être emportée
d'un moment à l'autre. Toby, voyant le

danger, donna le signal de la fuite. En un clin d'œil il gagna le rocher, aida ses deux amis à y monter aussi, puis se laissa tomber à leurs pieds, épuisé de fatigue, pour reprendre haleine. Au même instant, on entendit un violent craquement; la carcasse entr'ouverte se balança, se souleva, retomba sur l'écueil où elle se brisa avec fracas. On vit surnager pendant quelques instants des débris de planches et de poutres, puis tout fut englouti, et il ne resta plus la moindre trace de ce qui était, quelques semaines auparavant, un chef-d'œuvre d'industrie humaine, un si magnifique vaisseau.

Nos trois amis, saisis par ce spectacle terrible, demeurèrent un moment immobiles, puis retournèrent le long des rochers dans leur île. Là, retirés à l'abri de leur tente, Toby pressa Edouard dans ses bras, baisa ses mains meurtries et lui dit : — Pardonne-moi, Edouard, si j'ai douté de toi. Je vois, à cette heure, que

tu nous aimes réellement, Maly et moi.
Tu nous as sauvé la vie et sois sûr que
je ne l'oublierai pas. Maintenant je t'aime
comme un frère et je veux être un frère
pour toi. Encore une fois, pardonne-moi
une défiance injuste ; oublions tout à fait
le passé, ou ne gardons que le souvenir
du bien que nous nous sommes fait. Le
veux-tu ?

— En peux-tu douter ? répondit
Edouard, en rendant à Toby ses caresses.
Je sais que Maly et toi vous avez beaucoup à me pardonner, et comment, dès
lors, me souvenir du mal que tu as pu
me faire ?

En vain la tempête mugissait au-dehors ;
dans le cœur de nos trois amis rayonnait
une joie sereine et céleste. Ils s'aimaient
tendrement. Or dès que la sainte charité
entre dans un cœur, le ciel et toutes ses
joies y entrent aussitôt avec elle.

CHAPITRE X.

Le retour.

Des jours et des semaines s'écoulèrent, et les espérances des naufragés s'affaiblissaient de plus en plus. Souvent, assis sur la plus haute cime de leur rocher, d'où la vue s'étendait au loin sur la mer, ils cherchaient à l'horizon cette voile qui n'apparaissait jamais. Toby et Maly prenaient aisément leur parti de cette déception, et Edouard lui-même, quoiqu'il eût naturellement un plus grand désir de revoir son pays, se résignait à la pensée de séjourner longtemps encore dans cette île déserte. Tout à fait heureux, maintenant, du côté de ses compagnons, il portait, de plus, en lui un précieux talisman : il était jeune ; or la jeunesse embellit tout ce qu'elle touche, et l'espérance fleurit toujours pour elle. Bien que le vaisseau libérateur tardât à paraître , Edouard ne doutait pas, au fond, qu'il ne finît par arriver.

Cependant sa patience allait être mise à l'épreuve. L'époque des pluies tropicales s'annonçait déjà et elle allait amener pour nos amis bien des désagréments qu'ils n'avaient pas connus durant la belle saison. Jusqu'alors une simple tente leur avait suffi pour les abriter contre l'ardeur du soleil et la fraîcheur des nuits ; mais, les grosses pluies arrivant , leur tente devenait un abri insuffisant ; elle allait être inondée , emportée peut-être par les torrents qui descendaient de la montagne dans la mer. Il leur arriva, une nuit, de se trouver dans l'eau , et il leur fallut quitter prestement la place. L'orage venait d'éclater ; des éclairs sil-

lonnaient les ténèbres, et le tonnerre
grondait dans les nuages. La mer se mit
de la partie ; les vagues venaient se briser contre les écueils avec un mugisse-
ment lugubre. Un vent impétueux abat-
tait les arbres qui tombaient avec fracas
dans la forêt, et une pluie diluvienne
inondait la terre. Les trois enfants furent
bientôt trempés jusqu'aux os. Ils voulurent
essayer de se réfugier sous leur tente ;
mais, à ce moment, un violent coup de
vent en arracha les poteaux, et la tente
elle-même fut emportée comme une
feuille de papier sous les yeux des enfants et à leur grande frayeur.

— A la forêt ! cria Toby de toute la
force de ses poumons, surmontant le premier son épouvante ; là seulement nous
trouverons un abri. Attachez-vous à moi
et avançons de conserve, si nous ne vou-
lons pas être emportés par l'orage. En
avant, ferme !

Ils atteignirent ainsi la forêt et se ta-
pirent au plus épais du hallier, comme

des animaux timides fuyant devant le
fusil du chasseur. Là ils étaient bien à
l'abri du vent, mais non de la pluie,
que n'arrêtait pas le feuillage. Aussi
furent-ils heureux quand, au matin,
l'orage s'apaisa. Alors ils quittèrent leur
retraite et retournèrent sur le rivage.
Ils y trouvèrent bien des dégâts. Une partie de leurs provisions avait été détério-
rée ou emportée par la pluie. La tente,
qui gisait à une assez grande distance,
était en pièces et tout à fait hors de service. Pour se ménager un abri momen-
tané, ils construisirent à la hâte, sur la
cime du rocher, une hutte faite des planches du navire. Ils y étaient bien préservés de la pluie, mais à peine pou-
vaient-ils y tenir tous les trois. Il fallait
pourtant prendre patience. Ils cherchaient
bien à se consoler mutuellement ; mais
les inconvénients de leur situation com-
mençaient à se faire péniblement sentir,
et ils soupiraient de nouveau tous les
trois après leur délivrance.

Dès que les jours de pluie furent passés, Toby s'ingénia pour trouver un moyen de se faire apercevoir à une plus grande distance par un vaisseau qui traverserait ces parages. Il dressa sur un point plus élevé un nouveau pavillon et il fut convenu que chacun monterait la garde à son tour, pour interroger l'horizon à l'aide d'une lunette d'approche qui s'était trouvée sur le navire. Cela s'exécuta ponctuellement, et nos trois amis se relevèrent d'heure en heure en sentinelles vigilantes, si même ils ne se trouvaient pas tous trois en même temps sur le rocher. Au reste, ils n'avaient, pour le moment, d'autre affaire que de se ménager un abri plus supportable contre les pluies qui pouvaient encore survenir.

Un jour que Toby et Maly travaillaient avec courage à cette construction, qui devait être comme une sorte de blockhaus, Edouard, qui était de garde, accourut vers eux hors d'haleine et leur cria de loin : « Une voile, une voile ! »

Toby et Maly, jetant aussitôt leurs outils, volèrent sur le rocher où Edouard
les avait précédés. Maly regarda le premier avec la longue-vue et poussa un cri
de joie. Toby la saisit à son tour et
poussa un hourra : une voile, une vraie
voile montait à l'horizon, et semblait
se diriger vers l'île. Après une heure
d'anxiété, les diverses parties de la voilure avaient successivement apparu ;
d'abord les huniers, puis la voile de per-
roquet, puis le grand foc, puis enfin le
corps même du navire se dessina comme
une petite ligne noire sur la surface unie
de la mer.

— Maintenant, à l'œuvre! dit Toby; ra-
massons du bois et des broussailles,
et allumons un feu dont la flamme monte
aussi haut qu'une maison : la fumée nous
servira de signal bien mieux que notre
pavillon.

En un instant trois faix de bois ou de
ramilles furent apportés et entassés, et la
flamme monta vers le ciel en pétillant et

en s'accompagnant d'une colonne de fumée. Impossible qu'elle ne fût pas aperçue du vaisseau.

— Nous avons fait à présent, dit Toby, tout ce qui était en notre pouvoir ; il n'y a plus qu'à attendre.

L'attente ne fut pas longue. Au bout de quelques minutes, un coup de canon fut tiré à bord du vaisseau qui s'approchait, et retentit au loin sur la mer. Presque au même instant un pavillon fut hissé au sommet du grand mât. A ce moment les trois enfants s'embrassèrent en pleurant de joie.

— Sauvés ! cria Edouard. Je vais donc revoir ma patrie et ma famille !

— Tiendras-tu ta parole, lui demanda Toby avec sérieux, et ne serons-nous plus esclaves, Maly et moi ? N'oublieras-tu pas que tu nous as promis la liberté et que tu dois être toujours un frère pour nous?

Edouard prit en souriant les mains de ses deux amis dans les siennes : — Dieu lit dans mon cœur, dit-il ; je jure ici, par son saint nom, que je tiendrai ma parole et que je n'oublierai jamais la noble ven- geance que vous avez tirée de moi, quand j'étais faible et misérable entre vos mains !

— Bien , dit Toby en pressant la main d'Edouard ; je me fie à toi, et au lieu de m'enfuir dans les forêts comme je l'avais médité d'abord , je ne te quitterai pas et je te suivrai partout.

Maly sourit avec douceur : — Moi pas douter d'Edouard, dit-il ; lui être main- tenant un bon garçon.

Les trois amis (nous pouvons leur don- ner ce nom), regardèrent alors du côté de la mer. Le vaisseau s'avançait comme porté sur des ailes. On pouvait déjà y discerner des formes humaines. Des mouchoirs s'y agitaient en l'air en si- gne de salut. Une femme debout au pied du beaupré tendait les bras vers les enfants. Quelques minutes après , Edouard reconnaissait son père et sa mère et tombait sur ses deux genoux, vaincu par son émotion.

Déjà le vaisseau touche au rivage, l'instant d'après Edouard est pressé sur le sein de sa mère qui couvre de ses larmes et de ses baisers ce fils qu'elle avait cru mort et qu'elle retrouvait vivant et plein de santé. Toby et Maly se tenaient modestement à l'écart, s'associant de tout leur cœur à la joie de leur ami, qui semblait les avoir oubliés.

Mais cet oubli apparent ne fut pas long. A peine sorti de ce premier et délicieux ravissement du revoir, et après avoir reçu les caresses de son père :

— Père, mère, dit Edouard, vous croyez ne recouvrer qu'un seul fils : vous en avez trois ! Toby et Maly que voici étaient autrefois mes esclaves : ils sont devenus mes frères. Sans eux je serais mort depuis longtemps. Ils m'ont sauvé, ils ont pris soin de moi, ils m'ont aimé comme leur frère, oubliant tout ce que je leur ai fait souffrir. Leur vengeance a été de me faire du bien, et jamais je ne l'oublierai. Chers parents, dites-leur que vous les traiterez comme mes frères!

Ces paroles, accompagnées des larmes d'une vive émotion, touchèrent profondément ceux à qui elles s'adressaient. Le fier M. Western, portant sur les deux enfants un regard affectueux, leur tendit la main et leur dit avec bonté : — Vous êtes libres, et je veillerai sur vous comme si vous étiez mes enfants. — La mère d'Edouard, les attirant à elle, les embrassa avec effusion. Cela en disait plus que beaucoup de paroles ; aussi fut-ce avec un regard ému et reconnaissant que les deux enfants pressèrent la main d'Edouard. Ils étaient heureux ; la bénédiction de Dieu descendait doucement sur leur tête, et nulle goutte amère ne se mêlait pour eux à la douceur de la coupe que la bonté divine leur présentait.

Peu de mots suffirent pour expliquer le retard du vaisseau libérateur. Ce n'était

qu'à travers de grandes difficultés que
le capitaine avait pu conduire sa chaloupe dans un port; et il ne s'y rencontra aucun vaisseau qui pût aller à la re-
cherche des naufragés. Heureusement
qu'il put trouver, à peu de temps de là,
une occasion de retourner à Calcutta. Là
M. Western fit immédiatement partir un
navire, à bord duquel il voulut prendre
place avec sa femme. On a vu de quel
succès leurs efforts avaient été couron-
nés; il ne restait plus maintenant qu'à se
disposer tout doucement à retourner dans
la patrie.

Le capitaine fit apporter à bord de son
vaisseau tout ce qui avait été sauvé du
naufrage, et M. Western fut émerveillé en
retrouvant tant d'objets précieux qu'il
croyait perdus sans retour. Edouard raconta qu'il devait cela aux peines et aux
soins de ses deux amis, et ce leur fut un
titre de plus à la bienveillance du puissant nabab. Les détails que lui donna
Edouard sur leurs aventures ne firent que

confirmer cette bonne impression, et lui inspirèrent un attachement sincère et une sorte d'admiration pour ces deux pauvres enfants. Avant de quitter l'île, il était bien décidé à favoriser et à cimenter l'amitié fraternelle qui existait entre son fils et ses deux compagnons. Il leur fit présent de la somme importante qu'ils avaient sauvée du naufrage, à la condition qu'ils en achèteraient, pour s'y établir, une campagne à côté de ses riches propriétés, condition qui fut acceptée avec joie. On passa quelques jours dans l'île, puis le vaisseau mit à la voile, et, après un heureux et rapide voyage de trois semaines, il jetait l'ancre dans le port de Calcutta.

Nous ajouterons peu de mots à notre histoire. Edouard n'oublia jamais ce qu'il devait à ses amis, et il tint religieusement la parole qu'il leur avait donnée. Il les aimait comme des frères et ceux-ci l'aimaient tendrement à leur tour. Ils sont maintenant devenus des hommes. Ils jouissent paisiblement de leur bien-être, sans que nul songe à leur envier un bonheur si bien mérité. Leur mutuelle affection, formée et grandie dans l'adversité, est encore la source de leurs plus pures jouissances. Ils bénissent « l'Auteur de toute grâce excellente, » et répètent avec le Psalmiste : « Quoi qu'il en soit, il y a du fruit pour le juste ; quoi qu'il en soit, il y a un Dieu qui juge sur la terre (1). »

(1) Ps. LVIII, 12.

FIN.

TABLE.

SE TROUVE :

A TOULOUSE ,

Chez LAGARDE , libraire, rue Romiguières, 7.

A PARIS,

Chez Ch. MEYRUEIS et Cᵉ, rue de Rivoli , 174 ;
Chez J. CHERBULIEZ, lib. , rue de Seine , 33 ;
Chez GRASSART, libraire, rue de la Paix , 2 ;
Chez SCHULTZ , rue Royale-Saint-Honoré , 25.

A LYON. . . . . Chez DENIS fils, rue Impériale, 12.

A STRASBOURG . Chez VOMHOFF , libraire ;
Chez TREUTTEL et WURTZ , lib.

A NIMES.. . . . Chez PEYROT-TINEL, libraire ;
Chez B. GARVE , libraire.

A CASTRES. . . Chez BONNET , libraire.

A GENÈVE.. . . Chez Emile BEROUD , libraire.

A LAUSANNE . . Chez DELAFONTAINE et Cᵉ, lib. ;
Chez MEYER , libraire.

A NEUCHATEL... Chez Samuel DELACHAUX , lib. ;
Chez J. SANDOZ, lib. évangélique.

A BERNE . . . . SOCIÉTÉ ÉVANGÉLIQUE.

A BRUXELLES. . A la LIBRAIRIE CHRÉTIENNE ÉVAN-
GÉLIQUE, r. de l'Impératrice, 33.